BASTEI LÜBBE

RAYMOND JEAN

Die *Vorleserin*

Aus dem Französischen von
Erika Tophoven

BASTEI
LÜBBE

BASTEI-LÜBBE-TASCHENBUCH
Band 11888

Titel der französischen Originalausgabe: La Lectrice

Lizenzausgabe mit Genehmigung des Schneekluth Verlags:
Gustav Lübbe Verlag GmbH, Bergisch Gladbach
Umschlaggestaltung: R. M. E. Graphik, München
Titelfoto: SYGMA, Paris
Printed Oktober 1992
Satz: Fotosatz Manfred Schöning, Wiehl
ISBN 3-404-11888-X

Il y a dans toute femme quelque chose d'égaré...
et dans tout homme quelque chose de ridicule.
Jacques Lacan

(In jeder Frau ist etwas, das abseits irrt...
und in jedem Mann etwas, das lächerlich
anrührt.)

DIE VORLESERIN, verfilmt mit Miou-Miou in der Hauptrolle, ist »die größte Liebeserklärung, die jemals dem Lesen, den Büchern und Schriftstellern gemacht wurde.«

ELLE

Darf ich mich vorstellen: Marie-Constance G., vierunddreißig Jahre, verheiratet, keine Kinder, keinen Beruf. Gestern hörte ich den Klang meiner eigenen Stimme. Es war in dem kleinen blauen Zimmer unserer Wohnung, das wir unser ›Klangkabinett‹ nennen. Ich sprach laut für mich ein paar Verse von Baudelaire, die mir gerade wieder einfielen. Ich finde meine Stimme gar nicht so übel. Aber hört man sich eigentlich selbst?

Da hat mir nämlich meine Freundin Françoise vorige Woche gesagt: Du hast eine wunderbare Stimme. Zu blöd, daß du nichts draus machst, und noch blöder, daß du so in den Tag hinein lebst, eine Frau muß eine Aufgabe haben heutzutage... Als wir auf der Schauspielschule waren, hast du wirklich viel Talent gezeigt... warum gibst du nicht eine Anzeige auf und bietest dich an, zum Vorlesen ins Haus zu kommen?

Françoise ist reizend, aber sie hat oft verrückte Ideen. Sie selbst steht übrigens mit beiden Beinen fest auf der Erde – sie ist Sekretärin bei einem Anwalt –, darum überträgt sie nur allzu gerne etwas von ihren romantischen, spleenigen Vorstellungen auf andere. Denn es ist wirklich ein Spleen, Leuten zu Hause etwas vorlesen zu wollen, wo es doch jetzt ganze Bücher auf Kassetten gibt. Das wäre ja wie früher, wie zur Zeit der Herzoginnen, Zarinnen und Gesellschaftsdamen. Ach was, sagte Françoise, keineswegs, so was kann man heute ganz anders sehen, ganz praktisch und konkret, als etwas für Kranke, Behinderte, alte Leute, Rentner, Junggesellen.

Schöne Aussichten, wahrhaftig. Junggesellen meinetwegen, das finde ich schon komisch.

Der Gedanke ließ mich nicht mehr los.

Da stehe ich nun vor dem Mann in der Agentur, der die Anzeigen annimmt. Er mümmelt an einem erloschenen Zigarettenstummel unter seinem Bürstenschnurrbart und stiert mich an. Nicht leicht, einen leeren Blick zu beleben. Er versucht es immerhin.

Ich habe Ihnen zwar keine Ratschläge zu geben, sagt er, aber an Ihrer Stelle würde ich nicht so eine Anzeige aufgeben... nein, wirklich nicht... vor allem nicht in einer Stadt wie unserer...

Ich frage ihn, warum. Er wiegt bedenklich den Kopf, seufzt tief, liest meinen Zettel noch einmal und dreht ihn dabei kummervoll hin und her: ›Junge Frau kommt zum Vorlesen ins Haus. Texte nach Wahl: Romane, Sachbücher u.a.‹ Dahinter meine Telefonnummer.

Sie werden Schereien kriegen...

Das Tippfräulein am Nebentisch macht von

Zeit zu Zeit eine Pause und spritzt sich mit einem Taschenzerstäuber etwas ins Nasenloch. Dabei schaut sie flüchtig zu uns herüber und spitzt vermutlich die Ohren.

Er senkt Kopf und Stimme: Glauben Sie mir, ich kenne mich da aus...

Darauf ich, etwas patzig: Ich bitte Sie, die Anzeige in die Zeitung zu setzen, und damit basta. Er mustert mich schweigend, aber eindringlich und erklärt mir dann, daß viele Zeitungen, sogar die bekanntesten, heutzutage Anzeigen bringen, die mehr oder weniger zweideutig sind, und meine könnte man mißverstehen. Er mümmelt wieder, wiegt den Kopf.

Ich sage ihm, daß meine Anzeige nichts Zweideutiges an sich hat. Die Tippse schnaubt ein paarmal. Wenn es so ist, sagt er, muß man ›Junge Frau‹ streichen...

Und was statt dessen?

Er überlegt angestrengt: Statt dessen ›Mensch‹.

Jetzt bin ich perplex: Wieso Mensch? Er hält immer noch mein Blatt in der Hand, nun etwas weiter weg, wie um es besser lesen zu können, und der Zigarettenstummel wackelt dabei auf seiner Unterlippe.

Ja, es muß heißen: ›Junger Mensch erbietet sich, zwecks Vorlesen ins Haus zu kommen...‹, denn das sagt nichts über das Geschlecht!

Ziemlich verdutzt antworte ich ihm, daß kein Mensch die Anzeige verstehen wird, wenn sie so sonderbar abgefaßt ist.

Er schweigt pikiert, aber kontert dann: Na

schön, wenn Sie unbedingt wollen, bringen wir sie eben so, es ist Ihre Sache. Aber geben Sie wenigstens nicht Ihre Telefonnummer an, nur den Zeitungscode, wenn Sie das Schlimmste verhüten wollen... Sie können mir glauben, ich kenne so was, und was Sie da vorschlagen, ist eben ganz ungewöhnlich.

Er reicht seiner Tippse, ohne sie anzusehen, leicht angewidert das Blatt und bittet sie, den Text in dreifacher Ausfertigung für die drei Lokalzeitungen abzuschreiben. Dann nimmt er einen Taschenrechner und stellt mir die Rechnung aus. Ich schreibe einen Scheck, stehe auf und bin im Nu draußen. Ich spüre, wie sein Blick an meinen Waden und Fersen klebt.

Da stehe ich nun vor dem Mann, den ich ›meinen Meister‹ nenne. Er ist nicht alt. Kaum sechzig. Rollkragen, Tweedjacke, Pfeife, wacher Blick wie bei einem guten Hund. Ganz locker und offenbar immer erfreut, mich zu sehen, mein lieber Roland Sora. Er war mein Professor an der Uni vor fünfzehn Jahren, und ich bin ihm freundschaftlich verbunden geblieben. Er hatte es sich zur Regel gemacht, nie mit einer seiner Studentinnen ins Bett zu gehen. Ich hatte daher auch nie ein Verhältnis mit ihm. Aber es hätte durchaus sein können: der Funke sprang über. Ich gehe ab und zu in sein Büro, unterhalte mich ein wenig mit ihm und bitte ihn hier und da um Rat. Wenn zu viele Studenten vor seiner Tür Schlange stehen, geht er mit mir raus, und wir fahren irgendwohin, zu einer Tasse Kaffee ins erste beste Bistro. Wenn er nicht belagert ist, setze ich mich zu ihm in sein Büro.

So ist es heute. Zuerst, wie immer, ein paar Komplimente. Er sagt mir nette Worte über meinen Teint, mein Aussehen. Ich sage ihm unverhohlen, daß die Silberfäden in seinem Haar sichtlich mehr werden und daß es ihm gut steht. Dann erzähle ich ihm von meinem Plan. Ich merke, daß er erstaunt ist, es aber nicht zeigen will.

Alles ist möglich, sagt er, warum nicht das Vorlesen bei Leuten im Haus? Da du den unverzeihlichen Fehler begangen hast, dein Studium nicht abzuschließen, was du ohne weiteres geschafft hättest, und da du ohne Zukunftspläne und ohne eine Stellung bist, kann alles, was dich aus diesem Leerlauf herausreißt, nur von Vorteil sein. Aber doch wohl nicht durch eine Anzeige!

Ich frage: Und warum nicht durch eine Anzeige?

Er stopft seine Pfeife, klopft den englischen Tabak hinein und brummt: Tja, warum eigentlich nicht? Aber er hat seine Bedenken und spricht sie auch aus. Er bezweifelt, daß es zu etwas führt, daß überhaupt jemand reagieren wird.

Das werden wir sehen, sage ich, und möchte gern von ihm wissen, welche Texte ich meinen künftigen Hörern vorlesen könnte, wenn es dazu käme.

Er überlegt oder tut jedenfalls so, zieht an seiner Pfeife, bläst Rauchringe in die Luft. Vor allem nichts, wobei man das Gähnen kriegt, nicht die großen Werke, keinen Proust, keinen Robbe-Grillet, auch keine Poesie, lieber etwas Leichtes, Leichtverdauliches. Die kleinen Naturalisten, zum Beispiel. Die schreiben präzise, da hat man Geschichten, Ereignisse, Fakten...

Das war immer seine Marotte: die ›kleinen Naturalisten‹. Ich glaube, er hat seine Doktorarbeit darüber geschrieben. Und ich erinnere mich, daß er sehr schöne Vorlesungen darüber hielt, etwas theatralisch, aber gut gegliedert.

Ich rufe es ihm ins Gedächtnis, und er lächelt, gerät einen Moment ins Träumen, umnebelt vom Pfeifenqualm und seiner Erinnerung. Dann steht er plötzlich auf, geht zu den Bücherregalen rechts von seinem Schreibtisch und sagt: Warum eigentlich die *kleinen* Naturalisten? Warum nicht die großen? Warum nicht Maupassant? Es gibt nichts Besseres als Maupassant, das kannst du mir glauben, Marie-Constance, für jedes Alter, jeden Geschmack, für Leute jeden Standes, jedes Landes... Maupassant ist für das, was du vorhast, genau das Richtige. Komm denen nur ja nicht mit hochgestochenen, anspruchsvollen Sachen...

Er hat einen schönen Maupassant aus dem Regal genommen, eine alte, braun gebundene Ausgabe, er blättert darin, sucht.

Man muß die phantastischen Novellen nehmen, sagt er, dann ist der Erfolg sicher.

Das bringt ihn auf einmal dazu, über eine sonderbare Erfahrung aus seiner Anfangszeit im Lehramt zu sprechen. Er unterrichtete damals an einer Oberschule in einer Provinzstadt, wo man ihm die unteren Klassen anvertraut hatte, die ihn langweilten, denn er brannte darauf, seine Universitätslaufbahn zu beginnen. Als Aufmunterung nutzte er viele Klassenstunden dazu, den Schülern phantastische Geschichten vorzulesen: ein riesengroßer Erfolg! Die Kinder hatten Angst, aber da sie so furchtbar gern Angst hatten, genossen sie den Zustand und waren so konzentriert bei der Sache wie bei keiner anderen Arbeit. Eine interessante pädagogische Erfahrung. Sie konnte eine Anregung für mich sein.

Wie um das Gesagte zu belegen, blättert er in dem Buch und findet die Erzählung, die er wahrscheinlich im Sinn hatte. Da ist sie, sagt er, *Die Hand.* Kennst du sie? Jeder kennt sie.

Ich muß gestehen, daß ich mich nicht genau erinnere.

Die Hand, sagt er, ist die Geschichte eines exzentrischen Engländers, der sich in die Einsamkeit von Korsika zurückgezogen hat und in dessen Haus an der Wand rätselhafterweise eine menschliche Hand befestigt ist. Die Geschichte wird angeblich von einem Richter ein paar Frauen erzählt, die beim Zuhören natürlich in Wallung geraten:

Mehrere Damen waren von ihren Stühlen aufgestanden und näher zu ihm herangetreten und starrten auf seinen glattrasierten Mund, aus dem so schwerwiegende Worte zu vernehmen waren. Sie schauerten, bebten und zitterten;

halb Angst, halb Neugier hatte sie gepackt, sie waren besessen von jenem gierigen, unersättlichen Bedürfnis nach Spannung und Entsetzen, das die Frauen unablässig quält, unstillbar wie der Hunger…

Er hält inne und sagt: Das unersättliche Bedürfnis nach Spannung und Entsetzen, das die Frauen unablässig quält, das ist schön gesagt, nicht?

Er hat die Stelle mit tiefer, wohlklingender Stimme gelesen. Ich betrachte seinen Mund, die glattrasierte Mundpartie. Er überspringt ein paar Zeilen, fährt etwas weiter unten im Text fort. Jetzt kommt der Engländer, sagt er:

Er war ein großgewachsener Mann mit rotem Haarschopf und feuerrotem Bart, ein breitschultriger Riese, der überaus friedfertig und höflich wirkte. Er hatte so gar nichts englisch Steifes an sich und dankte mir aufs herzlichste für meine Aufmerksamkeit, in einem Französisch mit unverkennbar englischem Akzent. Im Laufe des folgenden Monats kamen wir dann wohl an die fünf, sechs Male miteinander ins Gespräch…

Und jetzt kommt die Hand!

Aber auf dem breitesten Wandstück, gerade in der Mitte, zog ein befremdlicher Gegenstand meine Blicke auf sich. Auf einem viereckigen Stück roten Samts hob sich ein schwarzes Ding ab. Ich trat näher heran. Es war eine Hand, eine Menschenhand. Nicht etwa die weiße, saubere Knochenhand eines Skeletts, sondern eine schwarze, ausgedörrte, vertrocknete Hand mit gelblichen Fingernägeln, mit bloßgelegten Sehnen, auf denen noch Spuren eingetrockneten Blutes zu sehen waren, Blut, das aussah wie eine schwärzliche Schmutzkruste, die auf den Knochen klebte. Es machte den Anschein, als habe man die Hand in der Mitte des Vorderarms mit einem Beil abgehackt...

Er klappt das Buch zu und wartet auf meine Reaktion. Da sie nicht sofort erfolgt, redet er weiter: Das wirkt garantiert! Die bekannte Masche, meinetwegen, einfache Effekte, etwas dick aufgetragen... aber das kommt an. So einen Text mußt du nehmen, wenn du dir ein Publikum schaffen willst, einen guten französischen Autor mit sicherem Stellenwert, einen, der wußte, wie man Spannung schafft und *thrilling*... da geht jeder mit...

Er ist wohl enttäuscht, daß ich offenbar nicht ganz überzeugt bin. In Wirklichkeit bin ich es. Aber ich frage mich, wem ich solche Greuelmärchen vorlesen soll. Ich kann es mir schwer vorstellen.

Er hat das Buch wieder an seinen Platz gestellt und ist mit seinen Gedanken schon woanders. Er schlägt mir vor, in nächster Zeit mal mit ihm zu Mittag zu essen. Er fragt mich, wie es Philippe geht. Philippe ist mein Mann. Weiß der von deinem Vorhaben? Ich antworte, daß er es weiß, aber daß es ihm scheißegal ist. Das sage ich ohne die geringste Aggressivität gegen Philippe. Ich liebe ihn wirklich so sehr, wie man einen Ehemann lieben kann, und finde ihn in seiner Art absolut okay: ganz der Typ des vielbeschäftigten jungen Forschers, sehr cool, Aerologe, kennt keine Probleme. Aber es stimmt: es ist ihm scheißegal. Wenn ich mich über etwas freue, registriert er es. Wenn ich mir wünsche, daß mein Leben sich ändert, registriert er es ebenfalls. Er ist ganz und gar nicht streitsüchtig. Das sage ich auch zu Roland: ganz und gar nicht streitsüchtig. Er antwortet, daß ich nicht weiß, wie gut ich es habe. Dann nimmt er mich beim Arm, führt mich aus dem Büro und geht mit mir ins nächste Bistro.

Diese Trottel haben meine Anzeige unter der Rubrik ›Heimarbeit‹ gebracht. Heim stimmt, aber es ist das Daheim der anderen, nicht meins. Ich hatte befürchtet, daß damit alles durcheinandergeraten, alles scheitern würde. Statt dessen trifft zu meiner Überraschung der erste Brief in der Agentur ein. Eine einfache Frau mit ungeschickter Handschrift teilt mir mit, daß ihr vierzehnjähriger Sohn behindert ist, daß sie ihn bei sich zu Hause hat und ihn nach besten Kräften betreut, aber daß er sicherlich Kontakte mit der Außenwelt braucht: sie dachte, vielleicht...

Ich habe, ehrlich gesagt, große Bedenken. Schließlich gebe ich mir einen Ruck und begebe mich zu dieser Dame. Sie ist sehr freundlich, ganz die untröstliche, fürsorgliche Mama. Ich erkenne übrigens bald, daß sie wirklich unglücklich und wirklich voller Hingabe für ihr Kind ist. Was ein gutes Maß an gesundem Menschenverstand nicht ausschließt: sie fragt mich sehr bald nach meinem Tarif.

Daran hatte ich nicht gedacht und mache es mir insgeheim zum Vorwurf. Wenn man per

Annonce seine Dienste anbietet, hat man einen Tarif. Total vergessen. Unbedacht. Unverzeihlich. Aber welchen Tarif denn? Genau das hätte ich Roland Sora fragen sollen, er hat in seinen jungen Jahren bestimmt Privatstunden gegeben. Wenn ich der Dame nicht antworte, wirkt es unseriös.

Ich sage ihr, daß meine Tarife noch nicht genau feststehen, aber daß ich ihr bald eine kleine Broschüre zukommen lasse, in der sie alles finden wird, meine Programme, meine Methoden und auch meine Tarife.

Sie scheint entzückt zu sein. Meine Unverfrorenheit macht sich bezahlt. Sie rückt mit ihrem Küchenstuhl – denn sie empfängt mich in der Küche – näher an mich heran und fängt an, mich über ihren Sohn zu informieren, der, wie sie sagt, ein schwieriger Fall ist. Ihre kleinen Krullerlöckchen riechen nach Lockenwicklern, ihr Atem hat trotz Zahnpasta nicht die nötige Frische, ihre Schürze ist adrett. Sie sagt mir in einem Atemzug, daß sie mich reizend findet, daß ich den besten Eindruck auf sie mache und daß ich genau der Mensch *(Mensch!)* bin, der Eric helfen kann. Als wollte sie mir ihre Sympathie besonders beweisen, rückt sie mit ihrem Stuhl noch ein klein wenig näher. Das verwundert mich, da in ihrer Freundlichkeit ganz zu Anfang ein gewisses Mißtrauen mitschwang, wie mir schien. Das ist mit einem Schlag wie weggeblasen. Jetzt macht sie ihrem Herzen Luft. Und der Mund steht keinen Moment still. Die weichlichen Lippen bewegen sich rasch.

Der Atem schießt säuerlich spitz hervor. Eine rührende Seele, um die Vierzig, etwas milchig. Sie erklärt mir, daß Eric ein spasmodischer Querschnittsgelähmter ist und sich nur im Rollstuhl fortbewegen kann. Es ist eine sehr schwere, aber heilbare Krankheit, fügt sie hinzu. Jedenfalls beeinträchtigt sie in keiner Weise die geistige Regsamkeit des Knaben, der sehr begabt, sehr aufgeschlossen für alles ist. Er besucht dreimal wöchentlich eine Pflegeanstalt für eine Spezialbehandlung und zur allgemeinen Weiterbildung. Aber zu Hause ist er natürlich allein und langweilt sich. Er hat keine Altersgenossen. Der Vater arbeitet bei der Bahn und hat neben seinem Dienst kaum Zeit, sich um seinen Sohn zu kümmern. Sie selbst tut, was sie kann. Aber mit einer Mutter ist es bekanntlich so eine Sache... als Frau ist sie von Natur leicht zu aufdringlich – erst recht bei einem Kind in solchem Zustand... ich merke deutlich, daß ich ihn an manchen Tagen nervös mache... er ist so empfindlich... da dachte ich, daß vielleicht ein anderer... ein anderer Mensch, der ihm vorliest, ihn zerstreut... Aber vielleicht haben Sie nur an Erwachsene gedacht?

Ich lasse mir Zeit zum Überlegen (die unerwartete Situation verwirrt mich zutiefst, aber ich will es nicht zeigen), dann antworte ich: Nein, an alle, jung oder alt.

Ihr Gesicht leuchtet auf, sie wirkt erleichtert. Aber fast im selben Moment bilden sich zwei steile Fältchen zwischen ihren Brauen. Es gibt ein Problem, sagt sie, mein Mann und ich sind nicht wohlhabend, er ist ein bescheidener Beamter… ob die Krankenversicherung Ihre Leistungen vielleicht übernimmt?

Ich merke, daß sie wieder auf den Tarif hinaus will, und falle ihr rasch ins Wort: Das sollte mich sehr wundern, ich bin weder Krankenschwester noch Psychotherapeutin noch sonst etwas in dieser Art, sondern *Vorleserin,* mehr nicht, ohne besondere Ausbildung, ohne Diplom oder so was, Sie haben meine Anzeige doch wohl recht verstanden?

Sie springt mit einem Satz von ihrem Stuhl auf, faltet die Hände wie zum Beten, blickt mit verzücktem Blick zur Zimmerdecke: *Vorleserin!* Was für ein Glück! Wo er so gerne liest, die Literatur liebt… ein so feinsinniger Junge, so viel Kunstsinn… Madame, Sie sind genau die Richtige, genau die, die wir brauchen!

Sie geht mir langsam auf die Nerven. Und ich habe immer mehr das Gefühl, mich in die Nesseln gesetzt zu haben. Ganz klar. Wer will schon heute noch eine Vorleserin haben außer ein paar Überkandidelten, Wirrköpfen und Kranken?

Um die Sache zu beenden, frage ich geradeheraus: Kann ich ihn sehen?

Ich hatte die Tragweite meiner Worte nicht bedacht. Sie beginnt am ganzen Leib zu zittern und wiederholt: Ihn sehen?

Ich merke, daß ich einen Fehler gemacht habe: ich habe wie eine Pflegerin gesprochen, wie ein Arzt. Ein strategischer Fehler offenbar. Ich hätte warten sollen, bis sie selbst die Initiative ergreift und mich zu Eric führt. Was eben Zeit gebraucht hätte und Behutsamkeit. Statt dessen bin ich wie eine dumme Kuh vorgeprescht. Ich tauge weder für diese Arbeit noch für eine andere. Ich tauge zu gar nichts. Ich verstehe nichts von menschlichen Beziehungen.

Ich möchte plötzlich weg, fort von hier. Sie und ihr unglückliches Kind wieder sich selbst überlassen. Was werde ich denn zu sehen kriegen? Ein mongoloides Kind? Einen jämmerlich Gelähmten? Eine unförmige Schlottergestalt? Einen tumben Toren, dem ich Geschichten erzählen soll? Der gute Mann in der Agentur hatte recht. Nichts als Schereien. Zum Kotzen das Ganze. Das hab ich jetzt davon. Ich bin wirklich nicht zu retten.

Sie hat sich schnell wieder gefaßt. Und bevor ich es überhaupt bemerke, hat sie hinten in der Küche eine Tür geöffnet. Sie führt mich ins Nebenzimmer. Drei Schritte, und ich stehe vor Eric. Er hat unsere Unterhaltung durch die dünne Wand bestimmt mit angehört. Er muß stinksauer und geladen sein. Oder er ist stocktaub.

Ich schließe für den Bruchteil einer Sekunde die Augen. Als ich sie wieder aufmache, sehe ich ein nettes, lächelndes Gesicht. Mit einem erstaunlich selbstsicheren Blick. Erstaunlich zumindest für einen Behinderten. Er wirkt übrigens vollkommen erwachsen. So erwachsen, daß ich einen Moment das Gefühl habe, er könnte ein Simulant sein. Er sitzt da in seinem verchromten Rollstuhl, ganz salopp in einem Trainingsanzug, der nichts von seinen Beinen oder seinem übrigen Körper sehen läßt; sehr gerade sitzt er da und wirkt ziemlich kräftig. Absolut nicht verkrüppelt oder verkümmert.

Das ist die Dame, sagt seine Mutter und stellt mich vor. Sein etwas fahles Gesicht wird rosig, sein Lächeln zaghaft breiter, so daß ich nun wirklich ein Kind in dem Gesicht entdecke, das mir anfangs als ein Männergesicht erschienen war.

In gewisser Hinsicht bin ich beruhigt. Ich sage zu ihm: Eric, wir werden uns bestimmt gut verstehen, darf ich dich duzen?

Er nickt, völlig erstarrt und unfähig, einen Ton herauszubringen.

Aber ja, sagt seine Mutter, das dürfen Sie.

Ich lasse mir etwas Zeit, gehe ein paar Schritte im Zimmer herum, kehre zum Rollstuhl zurück. Dann frage ich: Liest du gern?

Er nickt mit Nachdruck.

Möchtest du gern Geschichten hören?

Das gleiche Nicken.

Zu deiner Unterhaltung – oder um dich zu bilden?

Die Mutter schaltet sich ein: Für die Bildung natürlich, für die Bildung...

Da fängt Eric plötzlich an zu reden: Nein, zur Unterhaltung, sagt er klar und entschlossen.

Kurzes Schweigen. Hast du Lieblingsautoren? frage ich.

Nein, Madame, das überlasse ich Ihnen, sagt Eric.

Wir vertrauen Ihnen, sagt die Mutter.

Beim Hinausgehen werde ich wohl oder übel noch mal eine Weile in der Küche festgehalten.

Sie erzählt mir alles: wie es zur Krankheit gekommen ist, welche Aussichten für die Heilung bestehen, Erics Stärken und Schwächen, ihre eigenen, die ihres Ehemannes, die Grausamkeit des Schicksals. Ich spüre, wie die Dankbarkeit ruckweise in ihr hochsteigt, wie ihre Augen feucht werden. Offenbar erwartet sie von mir die Rettung. Ich muß einen lauwarmen Kaffee trinken. Und einen Keks knabbern. Ich verspreche, am übernächsten Tag wiederzukommen für die erste Lesung.

Am übernächsten Tag ist es wesentlich wärmer. Ein herrlicher Spätsommertag, ein ›Indian summer‹. Meine Mitbürger auf der Promenade sehen aus, als fühlten sie sich wieder leicht und beschwingt wie im Hochsommer. Die Sonne schickt durch die schon spärlicher belaubten Baumkronen ein schönes pudriges Licht, das die Sommerhemden und Kleider durchscheinend macht.

Auch ich trage ein leichtes, weit geschnittenes Musselinkleid, und als ich mit meinem Vorlesebuch Eric gegenübersitze, ziehe ich zuerst einmal meinen Rock bis zu den Knien hoch. Die Mama hat uns in seinem Schlafzimmer installiert; er sitzt in seinem Krankenstuhl, ich in einem niedrigen, mit Kissen ausgelegten Sessel. Es ist wirklich sehr warm, und fast unbewußt fächele ich mir mit dem Rock etwas Luft an meine Beine. Es ist, als ob Eric nur noch diese eine Geste sähe, die eine merkwürdige Konzentration bei ihm bewirkt. Ich zeige ihm rasch das Buch, das ich mitgebracht habe, eine ganz gewöhnliche Ausgabe der Erzählungen und Novellen von Maupassant mit einer Zeichnung auf dem

Umschlag, auf der eine normannische Bäuerin mit ihrem Kopfputz dargestellt ist, dahinter ein Dorf mit dicht zusammenstehenden Häusern, und ich sage ihm gleich, daß ich ihm mehrere Geschichten daraus vorlesen werde, die alle sehr spannend und voller Überraschungen sind, genauso aufregend wie die Comics in manchen Illustrierten oder Sammelbänden (von denen ich einen ganzen Stoß auf einem Hocker zwischen seinem Sessel und dem Tisch mit den Medikamenten liegen sehe), daß diese Geschichten jedoch gut geschrieben sind, einfach und klar. Er scheint überzeugt und gibt mir immer wieder Zeichen stummer Zustimmung wie bei meinem ersten Besuch, allerdings ohne den Blick auch nur ein einziges Mal von meinem Kleidersaum und meinen Knien zu wenden, obwohl kaum etwas von ihnen zu sehen ist. Ich sage ihm dann, daß wir mit einer besonders spannungsreichen und geradezu phantastischen Novelle beginnen werden, die den Titel *Die Hand* hat – warum, das würde er bald verstehen – und die ihn zweifellos von Anfang bis Ende in Atem halten wird.

Er wirkt etwas überreizt, aber begeistert und erwartungsvoll. Ich denke bei mir, daß er offenbar ein besseres Naturell hat als viele andere Jungen seines Alters. Und vielleicht echten Wissensdurst, den Wunsch, etwas Neues zu hören in seiner Krankeneinsamkeit. Sollte die Arbeit, die ich mir da ausgesucht habe, dem einen oder anderen tatsächlich helfen können...? Ich beginne zu lesen:

Alle Gäste drängten sich aufs höchste gespannt in einem dichten Kreis um den Untersuchungsrichter Bermutier und bestürmten ihn, er müsse sich unbedingt zu dem rätselhaften Fall äußern, der sich unlängst in Saint-Cloud ereignet hatte. Seit bald einem Monat versetzte nun dieses geheimnisvolle, unerklärliche Verbrechen ganz Paris in panische Angst, und es war bis auf den heutigen Tag nicht gelungen, Licht in diese Sache zu bringen. Die ganze Welt stand vor einem Rätsel...

Ich halte einen Moment inne, blicke von meinem Buch auf und sage zu Eric, daß er mich jederzeit unterbrechen kann, wenn Worte vorkommen, die er nicht versteht, damit ich sie ihm erkläre. Zum Beispiel das Wort Untersuchungsrichter. Weiß er genau, was ein Untersuchungsrichter ist? Antwort wie aus der Pistole geschossen, fast beleidigt: Jawohl, Madame, das weiß ich sehr gut.

Offensichtlich schätzt er es gar nicht, daß ich ihn für ein Kind halte. Und erst recht nicht für ein zurückgebliebenes Kind. Ich habe das unbestimmte Gefühl, daß ich einiges an meinem Verhalten korrigieren muß. Ist das der Grund, weshalb ich an meinem Kleid ziehe und meine Knie etwas mehr entblöße? Es ist übrigens wirklich sehr warm im Zimmer. Durchs Fenster sehe ich einen Ast, dessen Blätter sich so wenig bewegen, daß man glauben könnte, die Luft sei noch nie so still, so regungslos gewesen. Vielleicht sollte man das Fenster öffnen. Aber es ist nicht mehr die Jahreszeit, in der die Fenster offenstehen.

Erics Gesicht ist etwas gerötet; mit noch größerer Entschiedenheit als zuvor ist sein Blick auf meine Knie gerichtet. Dennoch hört er mir weiterhin aufmerksam zu. Mir scheint, daß es ihn wirklich interessiert. Daß er alles sehr genau registriert, was meine Stimme für ihn zu Gehör bringt – und ich hoffe, es ist eine angenehme Musik für ihn; ich selbst bin im Moment nicht imstande, ihre Schwingungen wahrzunehmen –, jedes Detail dieser sonderbaren Geschichte, die jetzt von der Laufbahn des Monsieur Bermutier handelt, der eines schönen Tages in Korsika zum Richter bestellt wird.

Damals amtete ich als Untersuchungsrichter in Ajaccio, einer kleinen Stadt mit lauter grellweißen Häusern, die sich an den Gestaden eines von hohen Bergen umsäumten, wunderschönen Meerbusens ausbreitet.

Dort kommen ihm oft Fälle von Vendetta zu Ohren oder auf den Schreibtisch:

Ich hatte mich dort vornehmlich mit den zahllosen Fällen von Blutrache zu befassen. Es gibt darunter großartig erhabene, denkbar dramatische, wilde und blutrünstige, und dann wieder Fälle, die beinah heroisch sind. Wir begegnen da den herrlichsten Rachemotiven, die wir uns nur erträumen können, wir stoßen auf jahrhundertealten Haß, der zwar für eine Zeitlang befriedet wird, nie aber gänzlich erlischt. Wir finden abscheuliche Hinterlist, Meuchelmorde, die zu wahren Blutbädern ausarten und fast als ruhmreiche Heldentaten gepriesen werden.

Zwei Jahre lang sah und hörte ich nichts an-

deres als von Blutvergießen, das seine Sühne finden muß. Diese abergläubische Unsitte, die auf Korsika im Schwang ist, erlittenes Unrecht an dem Beleidiger zu rächen, und nicht nur an ihm allein, sondern auch an seinen Kindern und Kindeskindern, seinen nächsten Verwandten und Angehörigen, begegnete mir fast täglich. So habe ich mit eigenen Augen mit angesehen, wie man alte Männer und kleine Kinder, irgendwelche Angehörige und Verwandte, umbrachte. Ich hatte den Kopf voll lauter solcher Greuelgeschichten...

Ich halte inne, wieder aus Sorge, ob Eric mir auch folgen kann, ob er auch alles richtig versteht. Kennst du das Wort Vendetta? Antwort unverzüglich: Ja, Madame, das kenne ich, ich weiß, was es bedeutet. Mir ist, als ob ich diesmal eine Spur von Verärgerung aus seinen Worten heraushörte. Merkwürdiger Junge. Ich glaube, die Geschichte hat ihn jetzt wirklich gepackt, und er hört mir aufmerksam zu, wenn er auch nicht daran denkt, seine Augen von meinen Beinen zu lösen. Irgend etwas an ihm drängt mich, weiterzulesen. Gut. Der Richter begegnet dem Engländer. Wir kommen zu dem Abschnitt mit der Hand:

Aber auf dem breitesten Wandstück, gerade in der Mitte, zog ein befremdlicher Gegenstand meine Blicke auf sich. Auf einem viereckigen Stück roten Samts hob sich ein schwarzes Ding ab...

Ich höre so etwas wie einen tiefen Seufzer und gleich darauf ein kurzes Pfeifen aus seiner

Brust. Es ist, als hätten die Worte ›ein Stück roten Samts, ein schwarzes Ding‹ etwas Bedrükkendes für ihn, etwas Beängstigendes. Aber vielleicht ist es eine bewundernde, erstaunte Angst?

Ich sehe zu Eric hinüber. Sein Blick kreuzt kurz den meinen, als bäte er mich inständig fortzufahren, und senkt sich dann wieder.

Ich lese weiter. Die Hand. Die Eisenkette, mit der sie an der Wand festgeschmiedet ist. Die angstvolle Unruhe der Nachbarn, der Zeugen. Dann eines Tages das Drama. Die makabre Entdeckung. Der Engländer ermordet. Spannung über Spannung, atemberaubend. Roland Sora hatte recht. Es gibt nichts Besseres. Eric lauscht gebannt. Oder in panischer Angst. Ich selbst fühle mich gepackt und mitgerissen von der leichten, messerscharfen Gewalt der Sätze, von ihrem Rhythmus:

Ein Schauer lief mir über den Rücken, und ich warf einen Blick auf die Wand, auf die Stelle, wo ich damals die enthäutete Hand hatte hängen sehen. Sie war nicht mehr vorhanden. Die Kette war entzweigerissen und baumelte herunter.

Da bückte ich mich zu dem Toten nieder und entdeckte in seinem verzerrten Mund einen Finger der verschwundenen Hand. Er war abgebissen oder vielmehr von den Zähnen beim zweiten Fingerglied abgesägt…

Diesmal ist es ein Schrei. Kurz, aber durchdringend. Eric hat den Kopf zurückgeworfen und umklammert mit ausgestreckten Armen die Lehnen seines Rollstuhls. Die Augen sind hervorgequollen, ein Speichelfaden rinnt ihm übers Kinn.

Ich lege rasch das Buch weg, trete zu ihm, greife nach seinem Handgelenk. Es hilft nichts. Er zittert am ganzen Leib, Schauer laufen ihm über den Rücken, und das schlimmste ist, daß seine gelähmten Beine im Krampf zucken und nach vorn geschleudert werden. Ich wische ihm mit einem Taschentuch über Mund und Stirn.

Da wird plötzlich die Tür geöffnet, und seine Mutter kommt herein. Sie ruft: Mein Gott, was ist los? Was ist passiert?... Sie wirft mir einen Blick zu, der mich wie ein Dolchstoß durchbohrt, stürzt zu ihrem Kind, reißt es in ihre Arme und fegt dabei ein Fläschchen Jodtinktur vom Tisch, das zerbricht und einen großen rotbraunen Fleck auf den Boden malt.

Sie zittert fast ebenso stark wie ihr Junge. Ich rate ihr, lieber irgendein Beruhigungsmittel zu holen, ein paar stärkende Tropfen für ihn oder eine Spritze. Sie wird nur noch nervöser und sagt, daß sie so was nicht besitze, daß er noch nie solch eine Krise gehabt habe, daß sie den Verstand verliere, daß man Hilfe holen müsse, und tritt bei alledem in die rotbraune Pfütze.

Eric beruhigt sich zwar, aber es sieht aus, als ob er wirklich Hilfe brauchte. Er ist jetzt ganz zusammengesackt, sein Gesicht ist leichenblaß, und er hat immer noch Schaum vorm Mund; der Kopf ist auf die Schulter gesunken, die Augen sind ganz verdreht. Er zittert nicht mehr, aber ein Krampf durchzuckt alle zehn Sekunden die untere Körperhälfte.

Ich bin schon am Telefon und rufe den Notarzt an. Als die Mutter es merkt, fängt sie an zu toben. Bloß nicht ins Krankenhaus, nicht ins Krankenhaus...! sagt sie immer wieder. Sie sucht ein Adreßbuch, um einen Pfleger anzurufen, der Eric gut kennt, blättert darin mit fliegenden Fingern, zerreißt einige Seiten...

Was ist denn nur passiert? ruft sie. Was haben Sie getan? Was haben Sie ihm angetan?

Ich fühle mich wie ertappt, stottere herum und streiche dabei mit der Hand über die Stirn des Kindes, streichle sein Haar und versuche ihn mit ein paar Klapsen auf die Backen wiederzubeleben.

Ich weiß nicht, ich las ihm eine Geschichte vor, eine allzu spannende vielleicht... als plötzlich dieser Anfall kam, diese Übelkeit...

Mein Gott, mein Gott, stöhnt sie, jetzt ohrfeigen Sie ihn auch noch, Sie machen ihn ganz fertig, Sie bringen ihn um!

Da ist zum Glück der Krankenwagen. Zwei Pfleger kommen mit einer Tragbahre und nehmen sich des Jungen an, fragen, was mit ihm passiert ist. Die Mutter gibt Auskunft. Kaum ist sie still, halte ich es für ratsam, meinen dummen Satz zu wiederholen: Ich las ihm eine Geschichte vor, eine allzu spannende vielleicht... Einer der Männer schaut mich an, als hätte er eine Verrückte vor sich, bestenfalls eine einfältige Seele. Sie beobachten Eric ein Weilchen, geben ihm dann eine Spritze. Schließlich heben sie ihn aus seinem Stuhl und tragen ihn so, ohne Bahre, fort: wie ein Paket, wie einen Stoffballen. Er liegt wie ein Häufchen Elend in den Armen des Hünen, der mit ihm davongeht. Erics Mutter schreit, weint, ringt die Hände. Eine schöne Bescherung.

Gleich am nächsten Morgen gehe ich ins Krankenhaus. Das wird ein kühler Empfang werden! Aber zum Glück hat sich inzwischen fast alles wieder eingerenkt. Im Büro des Stationsarztes sagt man mir, daß es anfangs so aussah, als müsse man Eric auf die Intensivstation bringen, zumindest für eine Nacht. Doch er war nach Verabreichung von ein paar krampflösenden Mitteln bald wieder verhältnismäßig ruhig geworden, das heißt, er hatte wieder einen normalen Herzrhythmus und einen gleichmäßigen Atem, so daß er die Nacht in dem Zimmer bleiben konnte, das man ihm zugewiesen hatte, obgleich er offensichtlich fieberte und phantasierte. Jetzt gehe es ihm wesentlich besser. Seine Mutter ist bei ihm. Man läßt mich hinein.

Als ich die Tür zum Zimmer 27 öffne, das am Ende des langen weißen Flurs in der ersten Etage des Zentrums für Kinderneurologie liegt, bin ich auf das Schlimmste gefaßt. Aber nein: ich werde mit einem Lächeln empfangen, dem gleichen wie am Tag unserer ersten Begegnung. Eric hat wieder Farbe, sein Gesicht ist sogar ganz rosig, fast zu gut durchblutet. Das kommt vom Fieber, sagt seine Mutter, die aufsteht und auf mich zukommt, beinahe 40, und es ist nicht ausgeschlossen, daß es ein paar Tage so bleiben wird, aber er ist außer Gefahr, man hat ihn von Kopf bis Fuß untersucht... Auch sie ist wie verwandelt, hat mir gegenüber offenbar keinerlei feindliche Gefühle mehr, erinnert sich nicht einmal mehr, könnte man meinen. Das ist sonderbar. Unerwartet. Eric lächelt immer noch. Ein Buckel unter dem Bettuch, im unteren Teil des Bettes, läßt vermuten, daß man dort ein Gestell für seine Beine untergeschoben hat, aber es scheint ihn nicht zu behindern, er scheint jedenfalls nicht zu leiden. Er schaut mich sehr eindringlich an. Ich merke, wie sein Blick zu meiner rechten Hand hinübergleitet, als ob er vermute, daß sie etwas festhält, als ob sie etwas festhalten müßte, ein Buch vielleicht... Das berüchtigte Buch. Mir kommt plötzlich die ganz abwegige Idee, daß er sich vielleicht wünscht, ich möge ihm die Geschichte weiter vorlesen... Aber meine Hand ist leer. Ich habe nicht einmal eine Tüte Bonbons mitgebracht, nichts, nicht die kleinste Süßigkeit oder das unscheinbarste Blümchen, weil ich annahm, Eric in schlechtem Zustand anzutreffen und womöglich aus seinem Zimmer hinausgeworfen zu werden.

Nehmen Sie sich einen Stuhl, sagt die Mutter, und setzen Sie sich dorthin.

Ich setze mich nahe ans Bett. Ich nehme Erics Hand in meine. Sein Handgelenk ist wirklich sehr warm. Ich sage leise zu ihm: Hallo, mein

Junge, ich dachte nicht, daß es dich so aufregen würde... Verzeih mir, bitte.

Er drückt meine Hand, schweigend. Ich müßte Ihnen große Vorwürfe machen, sagt die Mutter, denn wir sind nur haarscharf an der Katastrophe vorbeigekommen, aber ich müßte sie wohl vor allem mir selbst machen, denn ich hatte Ihnen nicht deutlich genug gesagt, wie sensibel, wie verletzbar er ist...

Herein kommt die Krankenschwester mit einem Thermometer und einem kleinen Tablett, auf dem ein Glas steht, daneben zwei kleine Kapseln. Sie ist groß, eine hübsche Frau, dunkelhaarig, sehr gerade, mit hohem Busen und breitem Becken. Sie macht sich einen Moment an dem Blatt mit der Fieberkurve zu schaffen, das unten am Bett hängt, und reicht dann Eric das Thermometer.

Die Mama deutet auf mich und sagt: Das ist die Person!

Mir ist, als würde ich angezeigt, der Rache des Krankenhauses ausgeliefert, und tatsächlich veränderte sich der Gesichtsausdruck der Schwester, sie runzelt die Stirn. Aha, Sie sind das! Was haben Sie ihm denn vorgelesen, daß er einen solchen Schock bekommen hat? Das ist ja ganz unmöglich, ganz unglaublich!

Ich senke beschämt den Blick, während sie unter die Laken greift, um Eric beim Fiebermessen zu helfen. Er läßt mich nicht aus den Augen, als flehte er mich an zu schweigen, ihn zu schützen, als suchte er eine Verbündete. Er hält immer noch meine Hand, drückt sie fest.

Ich sage etwas ausweichend: Ach... nichts Besonderes.

Sie schaut mich nun wirklich etwas argwöhnisch an. Die ganze Nacht, sagt sie, hat er auf die Wand vor sich gezeigt, als ob er dort etwas Furchtbares sähe... da, da, hat er gesagt... mit ausgestrecktem Arm und Zeigefinger... und er hat es sogar geschafft, obwohl er doch behindert ist, sich im Bett aufzurichten, um noch deutlicher hinzuzeigen... als ob er einen Alptraum hätte. Dann fügt sie, indem sie das Thermometer herauszieht, recht barsch hinzu: Sie sollten bei Ihrem Beruf etwas vorsichtiger sein...

Ich bin sprachlos, finde keine Worte. Bei meinem Beruf! Welchem Beruf? Vor zehn Tagen habe ich die Anzeige aufgegeben. Ich frage mich plötzlich, was ich hier in diesem Krankenhaus eigentlich zu suchen habe! Am liebsten würde ich sofort hinauslaufen, allen hier einfach davonlaufen.

Aber es kommt noch schlimmer. Kaum hat die Schwester den Raum verlassen, da erscheint ein Arzt mit einem Assistenten oder Stationsarzt. Ein ›Professor‹ vermutlich, der seine Visite macht. Aber niemand stellt ihn mir vor, sagt mir seinen Namen. Hingegen werde ich ihm vorgestellt, und zwar wieder auf die gleiche Weise: als der ›betreffende Mensch‹ oder so ähnlich. Ich sehe sofort, daß er mich neugierig und irgendwie aggressiv anschaut. (Aha, die ist das!) Nachdem er Eric etwas zerstreut untersucht hat und sicher sein kann, daß der Fall sich zum Guten entwickelt, gibt er ein paar kurze Anweisungen und bittet mich dann, kurz zu ihm in sein Sprechzimmer zu kommen.

Das Sprechzimmer ist ein ziemlich trostloser weißer Raum mit einem alten Kleiderständer und einem Schreibtisch voller Papiere, Drucksachen und zerfledderter Bücher. Er läßt mich sich gegenüber Platz nehmen, mustert mich eine Weile. Dann sagt er ohne Umschweife: Sie sind wohl auf den Kopf gefallen, Kleine! Wissen Sie, was diesem Kind hätte passieren können? Es hätte eine Gehirnhautentzündung bekommen können! Sie haben sich wohl nicht klargemacht, daß es ein Kranker, ein Schwerbehinderter ist, ein besonders anfälliger Mensch... Haben Sie schon mal was von Verantwortungsgefühl gehört?

Ich stottere ein paar vage Worte, versuche zu erklären, daß der Irrtum, wenn er bei mir lag, allein auf meine mangelnde Erfahrung zurückzuführen sei, daß ich nämlich leider weder eine Ausbildung noch die Gewohnheit habe...

Er läßt mich reden, und ich verheddere mich immer mehr. Er ist korpulent, breitschultrig, hat ein rundliches Gesicht, Bürstenhaarschnitt und einen eindringlichen Blick. Ich habe das Gefühl, daß seine Augen mich buchstäblich ausziehen.

Aber sieh da, er fängt plötzlich an, sich auszuziehen. Er knöpft mit ein paar raschen, geübten Griffen seinen weißen Kittel auf und steht zu meiner Verblüffung im blauen Slip und blauen Socken vor mir. In dieser Aufmachung wandert er um mich herum und sagt: Sie gestatten, daß ich mich umkleide? Ich gebe keine Antwort. Er zieht weiter seelenruhig seine Kreise und steckt sich sogar eine Zigarette an, um mir zu zeigen, daß er es nicht eilig hat. Dann hängt er seinen Kittel an den Kleiderständer, geht zu einem Schrank hinten im Zimmer, öffnet ihn, nimmt Hemd und Jackett vom Bügel, dazu eine Hose und eine Krawatte.

Während er die einzelnen Teile anzieht, sagt er: Die ganze Nacht hat er phantasiert, Halluzinationen gehabt... er hat auf die Wand gezeigt, von einer Hand gesprochen... Was ist das für eine Geschichte, die Sie ihm da vorgelesen haben?

Ich antworte: Eine ganz gewöhnliche Geschichte von Maupassant.

Er hat endlich die Hose an und bindet jetzt vor einem kleinen Spiegel an der Innenwand des Kleiderschranks seine Krawatte.

Maupassant, sagt er, Maupassant... Wissen Sie, woran der gestorben ist? *Aids!* Na schön, zu seiner Zeit sprach man von Gehirnentzündung – das ist genau das, was Sie fast bei dem Jungen ausgelöst hätten. Finden Sie nicht, daß er schon genug leidet? Verstehen Sie denn nicht, daß sein Nervensystem völlig überreizt ist? In Zukunft...

Ohne ihn anzusehen, falle ich ihm kurzerhand ins Wort: Es wird keine Zukunft geben.

Professor Dague – so heißt er – steht jetzt geschniegelt und gebügelt vor mir, ein richtiger Gentleman. Er drückt seine Zigarette im Aschenbecher aus, zündet sich eine zweite an.

Ich stehe auf und sage: Sie rauchen zuviel!

Diese unerwartete Bemerkung entlockt ihm ein Lächeln. Er faßt mich am Arm: Der Junge wartet auf Sie, er hat Sie sogar sehr gern, er hängt an Ihnen. Sie können ihm bestimmt helfen...

Der Ton ist auf einmal ganz freundschaftlich, zuvorkommend. Ich spüre seinen warmen, tabakschweren Atem an meinem Hals.

Er hängt an mir? sage ich. Er kennt mich doch gar nicht!

Ich frage mich, wer von allen Leuten hier am verrücktesten ist.

Aber merkwürdigerweise lasse ich mich überzeugen. Ich gehe zurück ins Zimmer 27. Ich setze mich ans Bett. Eric greift so gierig nach meiner Hand, daß kein Zweifel mehr besteht. Seine fiebrigen Augen tauchen in meine. Die Mutter bestätigt: Er will unbedingt, daß Sie wiederkommen, es war alles nur ein Mißverständnis, ein Irrtum... wir rechnen wirklich mit Ihnen! Er liebt ja die Lektüre so sehr!

Ich bin in unserem ›Klangkabinett‹. Ich habe einen Brief in der Hand, den zweiten, den ich über die Zeitung erhalte. Ich wage kaum, ihn zu öffnen, so sonderbar sieht er aus. Blau wie die Wände meines Zimmers. Leicht parfümiert, aber vielleicht bilde ich mir das nur ein. Die Briefmarke ist falsch herum aufgeklebt. Die Schriftzüge sind langgezogen und etwas schlaff. Auf der Rückseite steht: Generalin Dumesnil (oder Dumézil, diese Buchstaben sind besonders zittrig geschrieben und wie ineinander verhakt), Rue des Rives-Vertes. Ich bin beunruhigt, perplex. Die Villengegend unserer Stadt. Eine Generalin. Ich werde wahrhaftig die Vorleserin vergangener Zeiten mimen müssen. Das mußte ja kommen. Aber schon so bald! Pech.

Ja, der Umschlag ist tatsächlich parfümiert. Ein fast schon verflogener Hauch von Patschuli. Ich öffne trotzdem und lese.

Die Dame ist wirklich die Witwe eines Generals. Sie ist achtzig Jahre alt. Die meiste Zeit verbringt sie im Bett. Sie langweilt sich. Sie hätte gerne, daß ich ihr vorlese.

Der Brief ist nicht leicht zu entziffern, die

Schrift wogt auf und ab, vor allem am Ende der Zeilen, wie oft bei alten Leuten, die ihre Augen und Finger nicht mehr ganz unter Kontrolle haben. Und doch steckt in dem Briefchen erstaunlich viel Autorität und Würde. Die alte Dame muß etwas Aristokratisches an sich haben. Zum Schluß fragt sie übrigens nach meinem Lohn, ein Zeichen, daß sie eine Vorleserin als Bedienstete ansieht.

Ich sage ein paarmal laut in meinem Zimmer: Meinen Lohn, meinen Lohn – wie Sganarelle, den ich früher mal gespielt habe. Die Wände werfen mir die Worte wie ein Echo zurück, immer wieder, immer ferner, fast bis ins Endlose, mit einem lang anhaltenden Vibrieren des O. Komisch ist das, richtig lustig. Molière habe ich früher mit Begeisterung gespielt, vor allem die Dienstbotenrollen lagen mir (nicht nur die Rolle des Sganarelle). Jetzt bietet sich die Gelegenheit, als Zofe aufzutreten. Aber was soll ich der Frau General vorlesen? Bei einer Achtzigjährigen ist es wohl ratsam, Maupassants phantastische Geschichten zu vermeiden. Andernfalls wäre die Folge nicht das Krankenhaus, sondern die Leichenhalle. Ich sollte mich nicht darauf spezialisieren, meinen Kunden den Garaus zu machen. Übrigens habe ich den Brief zunächst gar nicht zu Ende gelesen. Ich hatte nicht viel Lust dazu, fühlte einen inneren Widerstand. Der Brief hat nämlich eine Nachschrift, die noch schwerer zu entziffern ist und die ich gar nicht beachtet hatte. Die Generalin schreibt dort folgendes: ›Ich habe vergessen, Ihnen mitzuteilen, daß ich aufgrund meiner politischen Ideen fast mit meiner ganzen Familie verkracht bin, was meine Einsamkeit verklärt.‹ Das macht mich neugierig. Sollte die Generalin eine schrullige alte Reaktionärin sein? Die Formulierung ›was meine Einsamkeit verklärt‹ ist höchst sonderbar. Sie scheint genau das Gegenteil von dem auszudrücken, was gemeint ist, nämlich: ›was meine Einsamkeit erklärt.‹ Eine Ungeschicklichkeit, ein Schreibfehler? Ich bemerke erst jetzt, daß der Brief unterzeichnet ist: Generalin Dumesnil, geborene Gräfin Pázmany – ein ausländischer Name, ein ungarischer vielleicht... Ich höre den Satz in meinen Ohren widerhallen: ›Was meine Einsamkeit verklärt.‹ Ich wiederhole die Worte ein paarmal. Die blauen Wände werfen mir ihr Echo zurück. Als ich die Augen schließe, sehe ich einen schwarzen Keller, in dem eine Lampe brennt. Das von der Lampe erhellte Gewölbe. Die von einer Kerze erhellte Einsamkeit wie auf den Bildern von Georges de La Tour. Die Nacht, die Finsternis, der Widerschein hinter meinen Lidern.

Ich halte den Brief zwischen den Fingern und bin vollkommen ratlos. Muß ich zu dieser Gräfin gehen? Auf was für eine unglaubliche Geschichte lasse ich mich da wieder ein? Der Patschuli-Geruch steigt mir, leichte Übelkeit erregend, in die Nase. Was ist das wohl für eine alberne alte Scharteke?

Ich fühle mich so wohl in diesem Zimmer. Es gibt Tage, an denen ich mir sage, daß es das beste wäre, mein Zuhause nie zu verlassen.

Ich beschließe, meinen ›alten Professor‹ wieder einmal zu besuchen. Er scheint nicht bei Laune zu sein heute. Überhaupt nicht gut in Form. Tränensäcke unter den Augen. Und Falten auf der Stirn. Es ist die Zeit der Prüfungen, der zu korrigierenden Arbeiten, die sich vor ihm auftürmen. Um etwas zu sagen, frage ich ihn, ob er immer noch Tennis spielt. Nein, erwidert er prompt und etwas gereizt, jetzt ist es Jogging. Ich stelle ihn mir eine Sekunde lang im Trainingsanzug auf der Birkenallee oder unter Platanen vor, auf einem Teppich von erstem Herbstlaub, schwitzend, keuchend (nein: bemüht, seinen Atem zu mäßigen), mit angewinkelten Ellbogen. Doch schon glättet sich die gerunzelte Stirn. Kein Zweifel, ich überprüfe es noch einmal: Wenn er mich sieht, freut er sich, selbst wenn ich ungelegen komme. Er zeigt es nicht sofort, aber es macht sich am Ende immer bemerkbar. Ich freue mich übrigens auch. Er wirkt beruhigend auf mich. Und in der wirren Lage, in der ich mich befinde, brauche ich dringend seinen Rat.

Zuerst erzähle ich ihm die Geschichte von Eric. Er hört mir zu, unterschreibt dabei ein paar Papiere, legt dann plötzlich seinen Stift hin und schaut mich eine Weile ehrlich verwundert an.

Ich habe das Gefühl, daß ihm meine Geschichte total verrückt vorkommt. Dabei ändere ich nichts, übertreibe nichts. Ich sage zu ihm: Das ist alles Ihre Schuld; Sie haben mich darauf gebracht, mit dieser Novelle von Maupassant anzufangen. Stimmt, sagt er und steht unvermittelt auf, jawohl, ich! Er stopft seine Pfeife. Ich bin schuld daran! Aber vielleicht hätte man an den Hörer denken sollen! An seinen Zustand, seine Empfindsamkeit! Glaubst du nicht? Er geht mit lebhaften Schritten im Büro auf und ab, die Pfeife zuerst in der Hand, dann im Mund. Er setzt sich wieder hin, sieht mich eindringlich an. Du weißt doch genau, daß es eine Beziehung Text–Leser gibt, die man nicht einfach außer acht lassen darf.

Ich höre da den Professor sprechen und kann mir ein Lachen kaum verkneifen. Ich verberge es, indem ich den Kopf senke, als ob ich mich ertappt fühle.

Als ich ihm sage, daß es Eric jetzt viel besser geht, daß er mich sogar weiterhin als Vorleserin haben möchte und auch die Mutter einverstanden ist, da scheint auch er seinen Spaß an der Sache zu finden. Das wundert mich gar nicht, sagt er, es gelingt dir immer, die Leute in die Tasche zu stecken! Vielleicht hat ihn deine Stimme so becirct? Ein junger Mann, noch dazu einer mit so schwerem Körperleiden... Du modulierst oft so wunderschön!

Ach! sage ich.

Er steht auf, kommt auf mich zu, legt mir die Hand auf die Schulter. Ich halte den Moment für günstig, um ihm von der zweiten Zuschrift zu erzählen.

Gut, sagt er, interessant, aber diesmal heißt es mit Vorsicht an die Sache herangehen, keine falschen Schachzüge, denn vielleicht ist es eine alte Irre, aber vielleicht auch eine reiche Witwe, und schon bist du auf dem besten Weg zu einer einträglichen Karriere.

Natürlich mokiert er sich ein bißchen, aber auf nette Weise. Ich weiß nicht recht, was ich sagen soll; da merke ich, daß er seine Hand von meiner Schulter genommen hat und schon vor seinen Bücherregalen steht. Wieder bringt er eine alte, braun gebundene Ausgabe. Diesmal ist es ein Zola. (Er kommt doch über diese Naturalisten nie hinaus!) Er sucht, schlägt eine Seite auf, blättert weiter mit der eleganten Bewegung eines Menschen, der viel gelesen hat.

Das Werk von Zola, ruft er aus, ein großartiges Buch, du kennst es bestimmt, das grandiose und tragische Porträt eines Malers, Cézanne vielleicht... tja, und gleich am Anfang geht es um ein eigenartiges junges Ding, das Christine heißt... der Romanheld fischt sie eines Abends bei strömendem Regen vor seinem Atelier auf, beherbergt sie, bringt sie zum Sprechen, und sie erzählt ihm, daß sie gerade aus ihrer Provinz nach Paris gekommen ist, mutterseelenallein, voller Angst, um... warum?... na, warum?... um Vorleserin bei der Witwe eines Generals zu werden! Da ist die Stelle!

Er hält das Buch ans Tageslicht, zu dem Fenster hin, das auf die Rasenflächen des Campus hinausführt:

Schlicht erzählte Christine in ein paar Worten, was sich zugetragen hatte. Gestern früh war sie in Clermont abgefahren, um sich nach Paris zu begeben, wo sie als Vorleserin bei der Witwe eines Generals, bei Madame Vanzade, einer sehr reichen alten Dame, die in Passy wohnte, in Stellung gehen wollte.

Fahrplanmäßig sollte der Zug um neun Uhr zehn eintreffen, und für alles war Vorkehrung getroffen, eine Kammerzofe sollte sie erwarten, man hatte sogar brieflich ein Erkennungszeichen vereinbart, eine graue Feder an ihrem schwarzen Hut…

Roland Sora scheint sehr erfreut, daß er diese Zeilen wiedergefunden hat. Das stimmt genau, sagt er, du trittst als Vorleserin bei der Witwe eines Generals in Dienst! Das beste ist, ihr diesen Text vorzulesen, dieses Buch, das wäre genau richtig!

Ich habe Bedenken. Was, wenn Zola noch schlimmere Überraschungen auf Lager hat als Maupassant? Die Autoren, die auf Realität bedacht sind, rufen die absonderlichsten Reaktionen hervor. Und meine alte Generalin möchte bestimmt nicht, daß ihr ein lächerlicher Spiegel vorgehalten wird, sondern wünscht sich wohl eher, auserlesene poetische Texte zu hören, um die Leiden ihres hohen Alters zu besänftigen. Ich vergesse übrigens ganz, daß sie auch eine ungarische Gräfin ist: Vielleicht würde sie gerne ungarische Autoren hören?

Roland ist zu mir getreten, das geschlossene Buch in der linken Hand. Mit der Rechten rückt er die Haarsträhnen meiner Stirnlocke zurecht. Du wirst einen Hut mit einer schwarzen Feder aufsetzen, sagt er.

Ich frage ihn, ob er ungarische Autoren kennt. Da ich keine weitere Erklärung abgebe, betrachtet er mich etwas argwöhnisch, wie jedes

Mal, wenn ich ihn aus der Fassung bringe (und das ist leider oft der Fall).

Petöfi, sagt er... Dann fügt er nach kurzer Überlegung – als ob die Antwort für einen Universitätsprofessor gar zu simpel wäre – hinzu: Konrad György, ein wunderbarer Romancier... oder Solmyo, ein herrlicher Dichter!

Ich bitte ihn, das für mich aufzuschreiben, aber auf einmal schlägt er sich an die Stirn, diese ungarischen Schriftsteller erinnern ihn daran, daß er für den nächsten Tag noch eine umfangreiche Abhandlung in vergleichender Literaturwissenschaft zu lesen hat, und er setzt mich sozusagen vor die Tür. Allerdings mit seinem wärmsten Lächeln. Er geht sogar so weit, mich bis ans Ende des Flurs zu begleiten. Die Studenten lächeln ihm zu. Ein Kollege begrüßt ihn freundschaftlich mit Handschlag.

Mir wird immer etwas wehmütig an diesen Orten, an denen ich früher eigentlich sehr gerne war. Aber es hat sich viel verändert. Damals klebten überall Plakate und Flugblätter, und es roch nach Revolution. Jetzt liegt alles voller Plastikbecher und Kleenexfetzen, und es riecht nach Coca-Cola.

Wieder eine Vorlesestunde bei Eric. Diesmal geht alles gut. Er wünschte sich wieder einen Maupassant, als wollte er damit zeigen, daß ihm dieser Autor keine Angst macht, daß er auf keinen Fall auf ihn verzichten will.

Aber diesmal habe ich eine ganz harmlose Geschichte ausgesucht, an die ich mich übrigens sehr gut erinnere, weil ich sie als junges Mädchen einmal gelesen habe; ich weiß nicht mehr genau wo oder wann, aber ich saß in einer großen Scheune, an einem Regentag; ich saß im Stroh und las diese Geschichte. Sie handelt von einem festlichen Ball und von herrlichem Schmuck. Mir war, als sähe ich ihn dort funkeln, mitten im Stroh, das mich in den Po piekte. Die Frau, die diesen Schmuck trug, oder richtiger, die ihn sich ausgeliehen hatte, strahlte vor Glück.

Und da lese ich nun, vor dem behinderten Jungen, diese Sätze:

Sie gab sich mit ungehemmter Leidenschaft dem Tanzen hin, war völlig hingerissen, förmlich berauscht vor Freude, vergaß alles andere rings um sie her im Triumph ihrer Schönheit, im

Glanz ihres Erfolges, in dieser Wolke höchsten Glückes aus Huldigungen, aus Bewunderung, aus all dem erregend zu spürenden Begehren, auf der Höhe eines glänzenden gesellschaftlichen Sieges, der einem Frauenherzen so wohltut...

Ich spüre Erics Erregung so sehr, daß ich mich frage, ob ich nicht wieder eine falsche Wahl getroffen habe, diesmal in umgekehrter Hinsicht: das Bild der Frau, dieser Taumel...

Aber nein, er ist ganz ruhig. Seine Erregung ist das Vorgefühl eines Glücks, das er noch nicht kennt. ›Ungehemmte Leidenschaft, berauscht vor Freude, erregend zu spürendes Begehren‹ – das sind ausdrucksstarke Worte für dieses offensichtlich intelligente Kind, das – wie ich jetzt weiß, nur allzu gut weiß! – hypersensibel ist. Auch meine Sensibilität war aufs äußerste gereizt, damals in der Scheune, während draußen der schwere, warme Regen fiel. Warum sollte er kein Recht auf Leben haben? Auf den Rausch des Lebens?

Diesmal bin ich in Jeans und Pullover gekommen, und plötzlich habe ich das Gefühl, daß er enttäuscht ist. Vielleicht irre ich mich, vielleicht ist es absurd, jedenfalls ganz subjektiv. Aber an der Art, wie er den Kopf bewegt, wie sein Blick über mich hin und um mich herum schwirrt und er ihn dann wieder zurückzieht, gleichsam in sich hineinholt, mit einer sonderbaren Mischung von Verlegenheit und Ungeduld, glaube ich zu merken, daß es ihm sehr mißfällt, meine Beine in diesen Leinenstoff verpackt vor sich zu sehen.

Nach einer Weile scheint die Geschichte ihre Wirkung zu tun. Jawohl, er hört zu! Ich lese nicht vor tauben Ohren. Ich lese, und es hat einen Sinn. Man könnte meinen, daß Eric jedes Wort, das ich ausspreche, bis ins kleinste aufnimmt und registriert, wie die empfindliche Spitze eines Seismographen. Ja, wie ein geheimes Beben, das mit größter Präzision eingefangen wird, so lauscht er diesem – meiner Meinung nach eher banalen – Text des kleinen Meisters Maupassant, der von so schmeichelnden, schillernden Dingen handelt. Entscheidend ist nicht die Art, wie sie beschrieben sind, sondern wie sie aus meinem Mund und meinem Körper hervorkommen. So war es auch für mich damals, als sie vor meinen Augen tanzten, in der Scheune, im Stroh, und der Regen fiel. Ein grenzenloses Mitgefühl mit dem kleinen gelähmten Jungen steigt in mir auf, eine unendliche Zärtlichkeit, von der er nichts ahnt. Warum sollte er kein Recht auf Glück haben, auf Regen, auf Sonnenschein?

Bei der Generalin Dumesnil empfängt mich eine Kammerzofe. Ich sage nicht ›Dienstmädchen‹, denn sie hat wirklich Stil und wirkt imponierend in ihrer gestärkten Schürze.

Sie führt mich in ein Zimmer, in dem ich nur ein Bett sehe. Ein riesiges Bett von ungewöhnlichen Ausmaßen, das den ganzen Raum auszufüllen scheint. Und in dem Bett die Generalin, zwischen Bergen von Kissen und Büchern. Auch eine große, bläuliche, reinrassige Katze hockt da irgendwo zwischen den Decken.

Die Generalin winkt mich zu sich heran und sagt: Treten Sie ein, Nouchka, kommen Sie, setzen Sie sich.

Warum ›Nouchka‹? Wahrscheinlich ein Tick von ihr und ein Zeichen von Herzlichkeit; ich denke nicht weiter darüber nach. Mir fällt zunächst nur ihr Akzent auf, zweifellos ein mitteleuropäischer Akzent, ungarisch vermutlich, nach der Art zu urteilen, wie ihr das ›Nouchka‹ über die Lippen kommt.

Sie scheint sehr erfreut, mich zu sehen, lädt mich ein, auf einem niedrigen Hocker Platz zu nehmen, schickt die Zofe hinaus und beginnt mir ihre Situation und ihre Probleme zu schildern. Ich merke sofort, daß achtzig Lebensjahre ihren vitalen Charakter nicht geschwächt haben und daß sie zu den Menschen gehört, deren Redefluß und Vertraulichkeiten man hinnehmen muß wie ein Naturereignis. Ich nehme sie hin, mache mich ganz klein und wahre nach außen hin eine vorbildliche Höflichkeit, denn ich merke, daß mein neuer Beruf heute ›Form annimmt‹.

Die Generalin fegt mit dem Handrücken über ihre Bettdecke, zeigt auf die Bücher, die dort aufgestapelt sind, und sagt, daß sie leider nicht mehr imstande ist, sie zu lesen, da ihre Augen sie im Stich lassen. Sie beugt sich vor, greift unter ihren Nachttisch und bringt drei verschiedene Brillen zum Vorschein, die sie beinahe angewidert auf die Bettdecke wirft: keine der drei hilft ihr auch nur im geringsten. Sie erblindet. Auf einmal merke ich es selbst daran, daß etwas wie Nebel ihre Augen umflort, die trotz allem sehr schön und klar sind, vor allem jedoch daran, daß sie an mir vorbeischaut, gerade wenn sie mir ins Gesicht zu sehen scheint, Jaja, sagt sie. Katarakt! Grauer Star! Die Art, wie sie die Worte ausspricht, wie sie ihr über die Lippen rollen, ist so schön und diesmal so slawisch, daß über die Herkunft der Gräfin kein Zweifel mehr besteht. Sie las leidenschaftlich gern. Aber nichts x-Beliebiges. Das will sie gleich klarstellen – schließlich erwartet sie von mir, daß ich ihr gewissermaßen die schwindende Sehkraft ersetze. Nein, nichts x-Beliebiges. Sie hat ihre Lieblingsautoren, und ganz besonders einen: Marx.

Ich fürchte, sie wegen des Akzents falsch verstanden zu haben, und frage sicherheitshalber nach. Aber es stimmt: Marx. Sie sagt: Marx und gelegentlich Lenin. Da sie merkt, daß ich meine Zweifel habe, richtet sie ihre Knie im Bett auf, verschiebt Kissen und Decken, verscheucht dadurch die Katze und schubst gleichzeitig ein paar Bücher über die Bettkante zu mir herunter. Da liegen sie nun zu meinen Füßen, ein bunter Haufen. *Das Kapital, Die deutsche Ideologie, Materialismus und Empiriokritizismus.* Diesmal ist mir offenbar das ganze Ausmaß meiner Verwunderung anzusehen, denn ehe ich noch ein Wort sagen kann, ist sie schon dabei, mich über ihr Leben und ihre Ansichten zu unterrichten.

Sie ist eine Gräfin, eine echte ungarische Gräfin: die Gräfin Pázmany (so hat sie ihren Brief an mich unterschrieben, und sie hofft, daß es mir aufgefallen ist). Ihr Mann war ein französischer Offizier, General Dumesnil, der in Budapest stationiert war, wo die beiden sich vor dem Krieg kennengelernt haben. Er war als Militärattaché dort (damals noch ein einfacher Leutnant), sie galt als eine der meistgefeierten Damen der ungarischen Aristokratie. Sie war ihrem künftigen Ehemann auf einem Ball vorgestellt worden, bei dem sie das kostbarste ihrer Schmuckstücke trug, ein funkelndes Halsband. Es war Liebe auf den ersten Blick. Die beiden heirateten und lebten glücklich zusammen bis zu dem Tag, an dem ihr klar wurde, daß alle Militärattachés nichts anderes als Spione und Doppelspione sind, verkappte Agenten, die alle für ein und denselben Geheimdienst arbeiten: den C.I.A. (vielleicht sagte man damals noch nicht C.I.A., aber es war schon dasselbe). Sie war fest davon überzeugt und konnte es beweisen. Sie hatte ihren Mann aus nächster Nähe am Werk gesehen. Die Revolution von 1949 hatte das alles hinweggefegt. Beide waren noch in Budapest, als sich der sozialistische Block konstituierte und die Arbeiterpartei ihren Sieg errang. Anfangs hatte sie Angst gehabt wie alle anderen, und ihr Mann, inzwischen General, fühlte sich in Budapest als Ehemann einer Gräfin ganz und gar nicht sicher und erkannte bald, daß die Dinge eine schlechte Wendung nahmen. Er bat um seine Rückversetzung nach Frankreich und ließ sich vorzeitig pensionieren. Sie hatten sich dann in dieser traurigen kleinen Stadt niedergelassen. Frankreich war ihnen immer eng erschienen. Und in diesem Nest war es besonders schlimm. Im Vergleich dazu war ihr das eigene Land – aus der Ferne und im Rückblick gesehen – sehr aufregend vorgekommen, von historischen Ereignissen erschüttert, ebenso heftig wie ein Erdbeben... (nach all den rollenden magyarischen Rs hält sie inne, erschöpft von der Anstrengung, und verschnauft einen Moment)... Heute vermag sie die ganze Tragweite der Ereignisse zu ermessen. Freilich war bei der Revolution manches zu Bruch gegangen – wo gehobelt wird, fallen eben Späne –, aber nichts und niemand würde sie mehr davon abbringen, man mochte sie beschimpfen, sie in den Schmutz ziehen, sie eine *Rote* nennen (was übrigens ihr Mann getan hatte) – sie war überzeugt davon, daß dieser Sturm der

Geschichte segensreich war... Sie räumt zwar ein, daß die Unterdrückung des Aufstandes 1956 eine ungute Sache und sehr schmerzlich gewesen sei, aber leider habe es keine andere Wahl gegeben: das oder die Gegenrevolution... und die konnte man auf keinen Fall zulassen. Kadar hatte es richtig gemacht, der war ein großer Mann... der Beweis dafür: Er war seitdem an der Macht und wurde von allen respektiert... ein Held... vielleicht gar ein Heiliger...

Verblüfft sehe ich, wie sie sich zu ihrer Nachttischschublade beugt, ein Foto von Kadar herausholt und den Mann auf die Stirn küßt – wie eine Ikone oder ein Heiligenbild. Er hat das Schlimmste verhütet, sagt sie, das Schlimmste! Er hat – und das ist selten – eine ruhige Entschlossenheit gezeigt, das sehen Sie an seinem energischen Kinn, an seinem Kiefer und den hohen Backenknochen, wie sie manch einer bei uns hat... wir sollen ja eine Eskimorasse sein, Lappländer, oder ich weiß nicht was, mitten im Herzen von Europa...

Sie hält inne und greift nach der Klingel. Sie bittet die Zofe, die übrigens mit recht saurem Gesicht hereinkommt, uns den Tee zu bringen, der weder lappländisch noch ungarisch sei, wie sie lachend sagt, sondern ein sehr guter Orangentee aus Sri Lanka, von dem sie mindestens sechs Tassen am Tag zu sich nimmt. Sie hofft, daß ich gerne ein Täßchen mit ihr trinke, da ich doch jetzt ihre Vorleserin vom Dienst bin. Denn wir werden uns gut verstehen. Ich gefalle ihr. Ich bin wirklich die Richtige für sie (dabei habe ich den Mund überhaupt nicht aufgemacht, oder so gut wie gar nicht). Freilich muß man abwarten, ob ich imstande bin, Marx richtig zu lesen. Denn der kleine Geschichtskurs, den ich Ihnen gehalten habe, Nouchka, wäre ohne Marx überhaupt nicht zu denken; ohne ihn hätten die gewaltigen Ereignisse, die mein Land von Grund auf verwandelt haben, noch nicht einmal einen Anfang genommen. Also machen wir einen Versuch! Sie greift in ihre Decken nach einem Buch, das sie offenbar schon beim Abtasten erkennt, und reicht es mir mit der autoritären Anweisung: Seite 125, lesen Sie! Das ist aus dem *Anti-Dühring,* ein Passus, den ich nicht oft genug hören kann.

Ich nehme das Buch, schlage die Seite auf und frage, ob sie den Abschnitt meint, der angekreuzt ist.

Ja, sagt sie, angekreuzt, und am Rand muß eine Bleistiftnotiz stehen: ›Die Moral war immer eine Klassenmoral‹, darum geht es auf diesen Seiten... fabelhaft abgehandelt... nur zu, fangen Sie an!

Ich fange an:

Wenn wir nun aber sehen, daß die drei Klassen der modernen Gesellschaft, die Feudalaristokratie, die Bourgeoisie und das Proletariat, jede ihre besondere Moral haben, so können wir daraus nur den Schluß ziehen, daß die Menschen, bewußt oder unbewußt, ihre sittlichen Anschauungen in letzter Instanz aus den praktischen Verhältnissen schöpfen, in denen ihre Klassenlage begründet ist – aus den ökonomischen Verhältnissen, in denen sie produzieren und austauschen...

Großartig! sagt sie. Ja, die drei Klassen... die Feudalaristokratie... die kenne ich, denn da komme ich ja her... ich kenne die Bojaren... ich weiß, wovon ich rede... und ich weiß, wovon er redet... ich habe darin gesteckt bis über die Ohren, bin darin herumgepaddelt... Sie wissen nichts von der ganzen Verderbtheit... der Verderbtheit der Klasse... der Moral... eine schöne Moral war das...

Ich verstehe überhaupt nichts mehr. Ich finde den Text todlangweilig und habe den größten Widerwillen, weiterzulesen. Aber sie ist sichtlich entzückt. Hingerissen. Sie murmelt: Ich kann das nicht oft genug hören! Dann taucht sie plötzlich weg, verschwindet in ihren Kissen, winkt mir noch einmal zu und sagt: Fabelhaft! Der Versuch hat mich überzeugt. Sie haben eine sehr schöne Stimme, hell, wohltönend, angemessen. Sie werden mir den Marx vorlesen, zweimal die Woche, jeweils zwei Stunden, und Sie bekommen pro Lesung zweihundert Francs. Aber jetzt müssen Sie mich entschuldigen, ich muß schlafen! Und schon dreht sie sich zur Seite, zieht die Decken über den Kopf und sinkt in Schlaf.

Die Zofe kommt mit dem Orangentee. Ich fürchte, daß ich ihn nun allein trinken muß. Es sei denn, daß die Trägerin des Tabletts, die tipptopp und gestreift vor mir steht, mir dabei Gesellschaft leistet. So ist es auch. Wir verstehen zumindest eins: wir sind beide ihre Zofen, stehen auf gleichem Fuß.

Trinken Sie, sagt sie zu mir, ich denke, daß

Sie ihr genehm sind, wir werden jetzt die Tage und genauen Zeiten festlegen.

Ich trinke. Letzte Woche war es Kakao. Heute Tee. Mein Beruf bekommt etwas Mondänes. Doch sehe ich nun klarer, was er mir einbringt. Ich habe, was ich mir wünsche.

Vielleicht ist es jetzt an der Zeit, mich zu beschreiben. Ich bin ziemlich groß, oben herum schlank, unten etwas breiter. Ich habe schwarzes, rötlich schimmerndes Haar, das als runder Pony in die Stirn fällt und wie eine Banane im Nacken zusammengesteckt ist. Grüne Augen. Ein spitzes, etwas kantiges Gesicht, das man eher unschön fand, als ich noch ein kleines Mädchen war. Ich weiß noch, daß ich einmal lange geweint habe, weil ein Vetter mich ›häßliche Krähe‹ genannt hatte. Ich habe davon das deutliche Gefühl zurückbehalten, daß ich für manche wie ein Vogel aussehen muß. Wenn ich auch eine leicht gekrümmte Nase habe, so sind meine Lippen doch weich und voll, und mein Teint erinnert bestimmt eher an Pfirsich- als an Federflaum.

Um auf den Körper zurückzukommen: mein Hals ist schlank und gerade, meine Arme sind dünn, meine Taille ist schmal, meine Brüste sind straff und deutlich voneinander getrennt, zwar etwas zu üppig für meinen Oberkörper, aber ich habe entdeckt, daß das in gewissen Fällen von Vorteil ist, obwohl ich lange Zeit glaubte, es sei eher ein Handicap. Wenn ich nackt vor dem Spiegel stehe, finde ich mich eigentlich nicht übel, jedenfalls bis zur Gürtellinie. Weiter unten ist es, wie gesagt, ganz anders. Mein Bekken ist kräftig, und dadurch habe ich einen großen Bauch und volle Pobacken. Auch das kann günstig sein. Allerdings gab es in meinem Leben eine Zeit, da ich nur ungern Hosen und Jeans trug, obwohl es Mode war. Heutzutage trage ich welche, und sogar sehr enge. Kenner behaupten, daß sie mir sehr gut stehen. Ach ja, noch etwas zu meinem Bauch, eine Besonderheit, die wirklich selten ist (steht allerdings nicht im Personalausweis): statt den Nabel genau in der Mitte zu haben wie alle Menschen, sitzt er bei mir etwas verschoben, weiter oben links. Bleiben noch die Beine: die Oberschenkel sind auch ein bißchen zu prall, aber Knie, Waden und Fesseln sind perfekt – wiederum nach Meinung der Kenner.

Erwähnen möchte ich noch, daß mein Körper durch regelmäßige sanfte Gymnastik in Form gehalten wird, und es war wieder Françoise, die mich zu dem Fitneßkurs mitgenommen hat. Ich fühle mich insgesamt topfit, trotz ein paar Fältchen und Krähenfüßen, die ich entdeckt habe, seit ich über dreißig bin. Ich wirke auf alle, die mich sehen, kerngesund, und da ich gern lache, hat meine Erscheinung etwas Beruhigendes, ja Stimulierendes, wenn man Philippe, meinem Ehemann, glauben darf. Manche finden meine Munterkeit etwas zu keß. Ich bin aber ganz und gar nicht keß. Ich bin, wie ich bin. Eine

Frau wie alle anderen vermutlich, aber eine Frau, o ja.

Ob ich eine gute Vorleserin abgebe, das steht auf einem anderen Blatt. Vielleicht sollte ich, um glaubwürdiger zu wirken, eine Brille aufsetzen. Ich trage übrigens oft eine Brille, eine Sonnenbrille. Aber ich glaube, es müßte eine richtige Brille sein, auch wenn es nur Fensterglas wäre. Ich will darüber nachdenken.

Ich beschließe, über das Brillenthema mit Roland Sora zu sprechen. Er hat an diesem Tag ein wenig Zeit, und wir setzen uns in eine Cafeteria in der Nähe der Fakultät, um zu plaudern. Es ist noch sehr mild, aber doch schon herbstlich: Durch die Glasscheibe der Cafeteria sieht man zuhauf trockenes Laub auf dem Rasen liegen, und das Gras wird gelb. Allerdings sitzen noch ein paar Studenten hier und da im Freien, mit einem Buch vor der Nase, als ob immer noch Sommer wäre.

Wir haben Kaffee bestellt und jeder ein Stück Kuchen. Roland sagt netterweise, daß mir eine Brille bestimmt gut stehen würde und daß sie mir den kleinen intellektuellen Touch geben könnte, der mir vielleicht fehlt, und mir bei meiner neuen Tätigkeit noch mehr Glaubwürdigkeit verleihen würde. Leider wisse er nicht, welcher Optiker mir eine falsche Brille verkaufen würde, ohne große Augen zu machen.

Ich sage ihm, daß mir die großen Augen eines Optikers nicht viel ausmachen würden.

Oder aber, meint er nachdenklich, indem er die Kaffeetasse an die Lippen führt, oder blau getönte Gläser, keine Brille zur Sehkorrektur, sondern leicht getönte...

Ich sage ihm, daß es wohl am einfachsten wäre, direkt einen Kostümausstatter aufzusuchen.

Er setzt die Tasse ab, wartet einen Moment, als versuche er den Ton, in dem ich diesen Satz sagte, richtig zu erfassen; ich merke eine leichte Abwehr, vielleicht glaubt er, daß ich mich über ihn lustig mache, dann antwortet er: Warum nicht? Letzten Endes ist dir das Theatermilieu ja vertraut, Marie-Constance.

Er schaut auf die Uhr. Ich habe auf einmal das Gefühl, daß unser Gespräch über Brillen zu nichts führt. Es ist besser, zu etwas Wichtigerem überzugehen. Soll ich den Brief aus der Tasche ziehen, den ich am Vortag bekommen habe? Den dritten nach Erscheinen der Anzeige. Ich habe noch mit niemandem darüber gesprochen, weder mit Philippe noch mit Françoise. Dieser Brief ist ganz anders als die vorhergehenden, er ist maschinengeschrieben. Und der Absender ist ein Mann. Ich finde den Brief wichtig. Er steckt da, in meiner Tasche. Ich kriege Herzklopfen, wenn ich an ihn denke, denn er enthält einerseits etwas Unbekanntes, andererseits wirkt er sehr seriös und offiziell. Ich muß sagen, es freut mich, ernst genommen zu werden. Ich hole ihn heraus. Ich lese ihn laut vor, um Roland zu beeindrucken:

Madame,
ich beziehe mich auf Ihre vor kurzem in der Lokalpresse erschienene Anzeige. Als Generaldirektor eines großen Unternehmens bin ich sehr

in Anspruch genommen. In den wenigen freien Momenten, die mir bei meiner Arbeit bleiben, könnten mir die ›Vorlesestunden‹, von denen in Ihrer Anzeige die Rede ist, vielleicht zu einer besseren Allgemeinbildung verhelfen, die heutzutage, insbesondere bei der verantwortungsvollen Tätigkeit, die ich ausübe, immer wichtiger wird und die ich mir aus Zeitmangel anderweitig nicht aneignen kann. Mit anderen Worten, ich möchte mich gern ›auf dem laufenden‹ halten, möchte wissen, was man so liest, denkt und sagt.

Mit Ihren Bedingungen bin ich von vornherein einverstanden.

Falls mein Angebot Ihren Vorstellungen entspricht, bitte ich Sie, Mademoiselle, sich mit mir in Verbindung zu setzen...

Ich blicke auf, um zu sehen, welchen Eindruck der Brief gemacht hat. Roland scheint nicht begeistert zu sein. Im Gegenteil, er wirkt ziemlich sauer. Er ißt sein Stück Kuchen auf, wiegt bedenklich den Kopf. Ich hatte es fast erwartet. Immerhin habe ich den ersten Schritt getan. Jetzt ist er dran.

An deiner Stelle, sagt er schließlich wäre ich vorsichtig.

So, warum?

Weil er am Schluß ›Mademoiselle‹ schreibt, am Anfang hingegen ›Madame‹, es sei denn, daß du dich versehen hast...

Nein, ich habe mich nicht versehen, er hat tatsächlich am Anfang des Briefes ›Madame‹ geschrieben und in der Höflichkeitsfloskel ›Mademoiselle‹, das ist Tatsache.

Eine sehr aufschlußreiche Tatsache, sagt Roland, alles andere als harmlos.

Na und...?

Na und? Gar nichts. Vorsicht, das ist alles!

Allerdings wechselt er jetzt, da wohl der erste Schock vorbei ist, den Ton: Ein Generaldirektor, sagt er, na ja, nicht weiter aufregend!

Ich greife den Faden auf und sage, daß es ein unverhofftes Glück ist, etwas ganz Unerwartetes, und daß es eine glänzende Idee war, die Anzeige aufzugeben, wie auch immer die einen oder anderen darüber denken mögen, das Ergebnis sei jedenfalls, daß ich wirklich auf dem besten Weg bin, eine namhafte Kundschaft zu bekommen.

Aufgepaßt, Vorsicht! wiederholt Roland Sora. Vielleicht ist das eine Falle. Dieser Herr kann etwas Bestimmtes im Auge haben. Du bist doch nicht blind, oder? Du verstehst, was ich meine? Ich tue so, als überlegte ich. Jawohl, ich verstehe, ich verstehe... Ich drehe den Brief in den Händen hin und her. Er glaubt bestimmt, daß ich mir einen Spaß mache, daß ich ihm etwas vorspiele, und doch bin ich wirklich sehr froh über die Anfrage. Ich habe sie nicht erfunden. Sie ist da, zwischen meinen Fingern, klar und deutlich, säuberlich getippt, von einer erstklassigen Sekretärin vermutlich.

Roland schielt zu dem Umschlag herüber und versucht den Aufdruck zu lesen. Ich komme ihm zu Hilfe.

Société Nickeloid, sage ich. Ich gebe zu, als ich das las, war ich meilenweit davon entfernt anzunehmen... ich dachte, es sei ein Brief für Philippe oder eine Rechnung oder was weiß ich... *Nickeloid.* Was mag das sein? Was halten Sie davon?

Er hat mir den Umschlag aus den Händen genommen und betrachtet ihn argwöhnisch.

Ich weiß nicht recht, aber ich hoffe, daß das mit der Firma stimmt, und das mit dem Generaldirektor auch. Ein Generaldirektor, der umsatteln will... sich in aller Eile eine Bildung erkaufen will, um noch bessere Geschäfte zu machen... Geschäfte, jawohl, das ist das richtige Wort. Alles ist Geschäft. Ich kann nur hoffen, daß du dabei auf deine Kosten kommst, meine liebe Marie-Constance, ich wünsche es dir von ganzem Herzen, aber ich wiederhole: Vorsicht! Sei wachsam! Bei Männern weiß man nie...

Ich gebe mich etwas begriffsstutzig: Bei Männern?

Ja, sagt er ungeduldig, bei Männern, beim männlichen Geschlecht!

Ich bedanke mich für seine väterlichen Ratschläge. Da kommt er noch mit einem letzten Verdacht. Warum trifft der Brief eigentlich erst jetzt ein, sagt er, so viele Tage nach dem Erscheinen der Anzeige, denn wenn ich mich nicht täusche, sind inzwischen gut und gerne drei Wochen vergangen, oder? Er zählt es an den Fingern ab: die Woche mit dem kleinen Behinderten, die Woche mit der Generalin, die Woche im Krankenhaus, oder umgekehrt, ich weiß die Reihenfolge nicht mehr so recht... Du bist schon lange im Geschäft, fast einen Monat. Wie kommt es, daß dieser Herr sich erst nach einem Monat meldet? Er trinkt seinen Kaffee aus. Seine Stirn ist wirklich gerunzelt.

Das liegt daran, sage ich, daß die Anzeige laut Vertrag alle drei Wochen wiederholt wird. Dann, nach kurzem Überlegen: Aber vielleicht spricht es sich auch herum, wird bekannt, vielleicht genieße ich schon ein gewisses Ansehen in der Öffentlichkeit?

Ich telefoniere mit Françoise. Es scheint mir nötig, mit ihr über den Brief dieses Mannes zu sprechen. Sie wird mir sagen, wie sie als Frau darüber denkt. Schließlich war es ja ihre Idee, die alles weitere ausgelöst hat. Sie muß die Folgen mittragen. Sie muß wissen, wie es um mich steht. Und sie muß mir ihren Rat geben.

Wir treffen uns im *Radis noir,* dem vegetarischen Restaurant, in das sie so gerne geht. Sie hat, wie immer, Gerstensuppe mit Radieschen bestellt (eine Spezialität des Hauses), die ihr offenbar besonders gut schmeckt. Ich nehme eine kalte Tomatensuppe.

Ich erzähle ihr alles. Die Geschichte mit Eric erschreckt sie nicht wenig, aber alles andere begeistert sie, ist ihrer Meinung nach sehr gut und vielversprechend. Sie findet, ihr Einfall war genial und daß ich auf dem besten Weg zum Erfolg bin, daß ich meinen Lebensunterhalt verdienen werde. Vorausgesetzt, sagt sie etwas einschränkend zwischen zwei Löffeln Gerstensuppe, vorausgesetzt, daß du nicht leichtsinnig wirst. Die Sache mit Eric war schon leichtsinnig genug. Bei dem ›Monsieur‹ hat sie Bedenken, sie weiß noch nicht recht, man muß abwarten...

Ich finde auch, daß man abwarten muß, aber daß ich so ein Angebot nicht ausschlagen kann, ein Glückstreffer!

Ja, sagt sie, das stimmt, aber man muß erst einmal wissen, was für eine Art Mensch das ist. Ein Generaldirektor, na schön, aber... ich sehe immerhin, worauf er hinaus will.

Ich frage sie, ob sie hingehen würde, wenn sie an meiner Stelle wäre.

Ja, sie würde gehen. Auf jeden Fall, sagt sie, bist du groß genug, um selbst zu urteilen...

Sie schaut zur Zimmerdecke, schließt die Augen, träumt. Du bist groß genug, Marie-Constance, und doch bist du immer noch das wundervolle junge Mädchen, das du mit achtzehn warst. Eine besondere Nummer. Aber bezaubernd, unvergeßlich. Sie hält die Augen geschlossen, als ginge sie im Geist noch einmal die Wege der Vergangenheit. Weißt du noch, als wir *Warten auf Godot* spielten, ich weiß nicht mehr genau, ob es vor oder nach der Zeit auf der Schauspielschule war, ich bin ziemlich sicher, daß es vorher war, wir spielten Pozzo und Lucky, ich war Pozzo und du Lucky, wir hatten vor, das Stück mit vier Mädchen zu inszenieren, Frauen in allen Rollen, Clotilde spielte Vladimir und Laurence den Estragon, die beiden waren schon nicht mehr die jüngsten... wir Anfängerinnen waren mit den kleineren Rollen zufrieden, genau, ich Pozzo und du Lucky... ich hielt dich an einer Art Halfter, an einem Strick um den Hals, erinnerst du dich? Du warst sehr komisch in dieser Rolle, einfach fabelhaft, nur leider stumm von A bis Z, und das war schade, denn deine Stimme ist so schön, so warm, so ergreifend, aber damals kannte man sie noch nicht richtig, man wußte sie noch nicht zu schätzen...

Und heute, schätzt man sie heute mehr? Ich sehe mich wieder, wie ich damals war, ziemlich mager, sogar der Po, mit meiner Schlinge um den Hals, in einem alten Kartoffelsack, barfüßig, Françoise mit dem Strick, an dem sie zieht, und ich mit herausgestreckter Zunge... Komische Rollen waren meine Stärke. Jetzt mache ich auf seriös. Gräfinnen, Generaldirektoren. Ich frage mich, was Françoise wohl tatäschlich denkt. Ich führe sie zurück zum Thema, das mich beschäftigt. Würde sie an meiner Stelle positiv (ich sage es mit Nachdruck) auf diesen Brief reagieren?

Positiv, positiv, sagt sie, das weiß ich nicht! Aber ich würde bestimmt mal hingehen, um wenigstens zu sehen, was für ein Typ das ist... Was danach vielleicht kommt – du weißt, wie ich darüber denke, ich habe keine große Erfahrung, aber ich kann dir sagen...

Sie erzählt mir, was ich schon hundertmal gehört habe. Als sie bei Maître Jacque anfing, war sie nur eine kleine Tippse, die möglichst schnell und problemlos an einen Beruf kommen wollte, und das ist mit einem Berufsschulabschluß leicht. Sie hat dann nach und nach das Vertrauen des Anwalts gewonnen, durfte die anfallenden Arbeiten zum Teil selbständig erledigen und ist bis zur Direktionssekretärin aufgestiegen, wahrscheinlich weil sie fleißig, umsichtig und zuverlässig war, hundert Prozent zuverlässig bei der Arbeit, und dafür war man ihr dankbar... bis zu dem Tag (hier wird ihr Gesicht lebhaft und beinahe pathetisch)... bis zu dem Tag, an dem Maître Jacque angesichts der expandierenden Praxis beschloß, sich einen Sozius zu nehmen, Maître Hoose... Und das war die Katastrophe. Damit begann die sexuelle Bedrängung, Tag für Tag... was sage ich, Bedrängung? Erpressung! Jawohl, sexuelle Erpressung! Ich glaubte, alles würde zu Bruch gehen, scheitern... ich sah mich schon abtreten, meine Stellung verlieren. Aber nein, sagt Françoise, ich habe durchgehalten!

Sie macht eine kleine Pause und bestellt einen Magerjoghurt. Dann senkt sie den Blick ihrer großen, tragischen Augen in meinen, ergreift mein Handgelenk. Jawohl, ich habe durchgehalten... Ich habe die Sache ein für allemal mit Maître Hoose klargestellt. Ohne Aggressivität, aber sehr bestimmt. So muß man es machen mit den Männern. Die Sache klarstellen. Ich habe nicht nur meine Stellung gerettet, sondern auch die Anwaltspraxis Jacque-Hoose. Die erfolgreichste der Stadt. Und Hoose hat jetzt nicht nur Respekt vor mir, hat in mir nicht nur seine beste Mitarbeiterin, sondern wir sind Freunde, dicke Freunde. So sind die Männer. Es ist ganz einfach.

Ich antwortete etwas einfältig: Ja, es ist einfach. Und bestelle nun auch einen Magerjoghurt.

Wieder eine Lesestunde bei Eric. Wie jedes Mal, bevor ich anfange, der unvermeidliche kleine Plausch mit der Mama.

Sie hat eine Vorliebe für Schürzen: heute trägt sie eine sehr niedliche veilchenblaue. Da fängt Eric auf einmal ohne ersichtlichen Grund an, von Katzen zu sprechen. Er liebt sie leidenschaftlich. Er wünscht sich eine.

Seine Mutter ist entschieden dagegen, weil alle Ärzte, die ihn behandeln, gesagt haben, daß er allergisch gegen Katzenhaare sei und daß er einen Anfall von Asthma oder zumindest eine sehr heftige Nervenkrise oder Krämpfe bekommen könne, wenn er Katzenhaar berührte oder einatmete.

Sie erinnern sich doch, sagt die Mutter, Sie haben es ja selbst miterlebt, das werden wir doch nicht noch mal riskieren, alles wegen einer Katze!

Der Junge will es nicht wahrhaben, sagt, daß es nicht stimmt, pure Erfindung ist, daß man ihm die Katze einfach nicht gönnt! Er tut, als würde er einen Anfall bekommen, heult, windet sich in seinem Rollstuhl. Er wirkt plötzlich wie ein Baby, wie ein quengeliger kleiner Kerl. Einfach lächerlich.

Ich frage ihn, woher diese Liebe zu Katzen kommt. Da hört er auf mit seinen Grimassen, sein Blick ändert sich, sein Gesicht, sein Ton, und er antwortet: von Baudelaire, Madame.

Verblüfft schaue ich ihn an. Auch der Mutter hat es die Sprache verschlagen.

Er erklärt uns seelenruhig, daß er in der Bibliothek der Pflegeanstalt, in die er dreimal in der Woche gebracht wird, *Die Blumen des Bösen* entdeckt hat. Er hat den Band gelesen, er hat nicht alles verstanden, aber es sind Gedichte darunter, die ihm sehr gefallen haben. Zum Beispiel das über die Katzen. Er zitiert ein paar Zeilen aus dem Gedächtnis:

Die toll Verliebten und die strengen Weisen
Verehren, wenn die Kraft und Jugend schmolz,
Die Katzen sanft und stark, des Hauses Stolz,
Die fröstelnd, so wie sie, den Herd umkreisen…

Er hat es in einem Atemzug, in einem Rutsch aufgesagt, mit ganz klarer, glatter Stimme.

Ich denke daran, wie feierlich ich selbst die Verse von Baudelaire immer spreche – erst neulich wieder, in unserem ›Klangkabinett‹, habe ich sie rezitiert.

Seine Stimme klingt mir wie ein wunderliches Echo meiner eigenen. Er ist wahrhaftig nicht unsensibel, geschweige denn unbegabt.

Die Mutter, die offensichtlich nichts von dieser Begabung merkt, steht da wie vor den Kopf geschlagen, sprachlos. Als sie kurz darauf die Sprache wiederfindet, fragt sie Eric, ob er das Buch mit nach Hause gebracht habe.

Ja, sagt er, setzt mit raschen Griffen seinen Stuhl in Gang, rollt in sein Zimmer und ist im Nu wieder zurück, fährt Slalom um die Möbel und schwenkt das Buch, eine alte Klassikerausgabe, wie eine Trophäe.

Die Blumen des Bösen! sagt die Mutter nur. Sie nimmt es ihm ab, legt es mit Nachdruck auf den Tisch, packt dann, wie von einem unwiderstehlichen Impuls getrieben, den Rollstuhl und schiebt ihn noch schneller, als Eric selbst es fertigbrachte, ins Schlafzimmer, schließt die Tür und dreht den Schlüssel um.

Sie kommt, ganz bleich im Gesicht, zurück, nimmt das Buch wieder in die Hand, zeigt es mir und sagt: Sehen Sie das? Haben Sie das gehört? Was halten Sie davon? Glauben Sie, daß Eric in seinem Alter so etwas lesen sollte? Ihre Finger umklammern zitternd das Buch.

Ich warte einen Moment mit der Antwort und sage dann so ruhig und gelassen wie möglich: Doch, ich glaube ja.

Sie sieht erleichtert aus. Ohne Zweifel, sie vertraut mir. Ich habe das Gefühl, daß wir um ein Haar wieder in eine alberne dramatische Situation geraten wären, es aber gerade noch rechtzeitig verhindert haben. Es sei denn, daß Eric dort hinten in seinem Schlafzimmer gerade einen neuen Anfall hat. Er hätte übrigens allen Grund dazu. Sie hat ihn wirklich wie einen kleinen Jungen behandelt.

Ich spitze die Ohren. Schreit er? Weint er? Nein. Alles still. Ich sage zu seiner Mutter: Holen Sie ihn.

Sie gehorcht, etwas beschämt, verwirrt. Sie öffnet die Tür zum Schlafzimmer, holt den Rollstuhl heraus. Eric ist ganz ruhig, fast gleichgültig. Er schaut in die Luft.

Um die Atmosphäre vollends zu entspannen und alles wieder ins Lot zu bringen, sage ich zu ihm: O ja, Baudelaire ist ein großer Dichter – und ein großer Katzenliebhaber... Wir werden das Gedicht heute lesen, *Die Katzen,* und vielleicht noch andere...

Die Idee ist mir gerade gekommen, genau im richtigen Augenblick. Eric strahlt. Und die Mutter strahlt auch und läßt uns allein. Wir setzen uns ins Schlafzimmer. Die Lesung beginnt:

Die, so wie sie, Weisheit und Sinnenglut
Und Dunkel lieben, Nacht von Grau'n durchflossen.
Die sich der Orkus hätt' erwählt zu Rossen,
Stünd' seinem Dienst zu Kauf ihr stolzes Blut...

Eric hört sehr aufmerksam und mit verhaltener Leidenschaft zu. Ich selbst werde in sonderbarer Weise von meiner eigenen Stimme getragen und habe beim Lesen das Gefühl, daß dies Gedicht wie ein phantastisches Getriebe ist, ein fabelhaftes Uhrwerk, dessen Einzelteile alle offen dargelegt werden könnten, wenn ich es wollte, wenn ich mir die Mühe gäbe, wenn ich diese Textanalysen noch zustande brächte, bei denen ich in der Schule immer gut abschnitt, wie man mir sagte, mir versicherte, mir garantierte, und die mir eine Zukunft verhießen, die sich nicht erfüllt hat, denn da sitze ich nun ganz klein und bescheiden als Vorlesetante und Krankenwache. Bescheiden, jawohl, sehr bescheiden. Aber so bescheiden dann auch wieder nicht, da ich in diesem Moment offenbar einen anderen glücklich mache.

Erics fieberhafte Spannung wächst zusehends. Wir lesen das Gedicht zu Ende. Ich sage: wir, denn wenn ich auch allein lese, so spür ich doch, daß zwischen uns beiden etwas ist, was wir gemeinsam haben.

Da sind wir nun am Ende des Gedichts angekommen. Ich blicke zu Eric hinüber. Aber er läßt mir nicht einmal Zeit zum Atemholen. Er hat seinen Stuhl zu mir herangerollt, nimmt mir das Buch aus der Hand, blättert eilig darin, als ob er es in- und auswendig kennte, schlägt dann eine Seite auf, reicht mir das Buch und sagt: Würden Sie mir das auch vorlesen? Das hier?

Das Gedicht hat den Titel *Das Geschmeide.* Ich erinnere mich nicht genau, ich lese es rasch durch: es ist schön, aber gewagt, ich habe es übrigens noch im Kopf, im Hinterkopf – nicht so sehr, weil es von Baudelaire ist, das muß ich zugeben, sondern wegen des Chansons, ich meine, wegen der Vertonung, die jemand vorgenommen hat, ich weiß nicht mehr genau wer, Ferré oder Montand, wohl eher Montand; ich höre die typischen Modulationen seiner Stimme, warm, langgezogen und sanft... es ist tatsächlich eines der berühmtesten ›verhunzten‹ Gedichte. Eric hat gut ausgesucht, er hat Geschmack, Flair... Er ist wirklich ein komischer Kerl.

Soll ich es lesen? Ich zögere einen Moment und beginne dann:

Die Holde war ganz nackt, doch kennt den Liebsten sie
Und hatte sich geschmückt mit klingendem Geschmeide,
Des überreiche Pracht ihr sieghaft Aussehn lieh,
Maurischen Sklaven gleich in ihrem Feierkleide.

Eric ist buchstäblich verzaubert, scheint jedes Wort einzusaugen. Er schaut auf meine Beine – heute wieder in Hosen –, mit diesem eigenartig ausweichenden Blick, den ich bisweilen an ihm bemerke.

Ich lese langsam weiter bis zu der berühmten Strophe:

Und all die Herrlichkeit, Schenkel und Arm und Bein,
Glänzend und schwanengleich in sanfter Biegung schwellen
*Sah mein entzückter Blick, mein Auge klar und rein...**

Da unterbricht mich Eric, und in der Stille des dunklen Zimmers mit den vorgezogenen Gardinen, in diesem Krankenzimmer, sagt er: Könnten Sie das nächste Mal wohl wieder in dem Kleid von neulich kommen, Madame?

Es ist kühler geworden. Die Jahreszeit rückt weiter vor. Der Herbst ist noch sonnig, hat aber schon jene tabakbraune Farbe, die alles erfaßt, die Bäume ebenso wie die Fassaden, und die ein Zeichen dafür ist, daß der Winter naht. Der Bürgersteig, auf dem ich gehe, ist aschgrau. Ich habe weiche Stiefel angezogen, in denen ich mich wohlfühle, für meinen Besuch bei der Generalin. Meinen zweiten Besuch. Ich mache ihn ohne Begeisterung, das muß ich schon sagen. Aber Pflicht ist Pflicht.

Die Zofe empfängt mich noch gezierter als beim ersten Mal und führt mich in einen Salon. Madame schläft, sagt sie, Sie müssen einen Moment warten.

Die Generalin scheint viel und oft zu schlafen, denke ich. Dabei komme ich pünktlich zur festgesetzten Zeit: drei Uhr nachmittags, und am vereinbarten Tag: Dienstag.

Einen Orangentee? fragt mich die Zofe spitz. Da stelle ich fest, daß sie auch Stiefel anhat. Aber ihre sind ganz anders als meine, schon weil sie ihre im Haus trägt, was etwas sonderbar ist, und außerdem sind sie nicht weich, sondern hart und steif, tiefschwarze Stiefel mit vielen Knöpfen. Zum Teil werden sie durch einen langen Lederrock verdeckt, der erst recht ungewöhnlich ist. Dazu trägt dieses eigenartige Wesen eine Hemdbluse (dieselbe wie beim letzten Mal?), die so hoch geschlossen ist, daß sie ihr fast den Hals abschnürt. Strenger Haarknoten.

Ich danke ihr, sage, daß ich den Tee später nehmen werde, wenn es unbedingt sein muß.

Die unseligen Worte ›Wenn es unbedingt sein muß‹ scheinen ihre Ohren zu verletzen. Sie schaut pikiert und zugleich bekümmert, ja schmerzvoll drein. Während ich in einem Sessel Platz nehme, setzt sie sich ganz ungeniert mir gegenüber und mustert mich schweigend, als wollte sie einen stummen Tadel zum Ausdruck bringen.

Ich frage mich, wie lange das so weitergehen soll. Offenbar lange. Rechts von mir steht eine stattliche Standuhr aus dem 19. Jahrhundert. Ich schaue sie an, als könnte von ihr Hilfe kommen. Aber die beiden langen Metallzeiger sind von hoffnungsloser Regungslosigkeit. Auch sie, die mir da kerzengerade gegenübersitzt, rührt sich nicht, schaut mich nur eindringlich an, allerdings scheint ihr Blick einen Anflug von Milde bekommen zu haben.

Die Minuten vergehen. Ich lasse meinen Blick im Zimmer umherschweifen, um dem ihren nicht zu begegnen. Die Wände sind voll von Gedenkstücken und alten Gemälden. In einem Rahmen Auszeichnungen, Medaillen, eine große Schleife mit einem Reichsadler. Navigationskarten, Drucke. Verstaubte Museumsstücke. Aber da drüben, in der Ecke, ein kleiner, recht schmucker Glasschrank, der von zwei elektrischen Scheinwerfern angestrahlt wird. Sonderbar. Ich stehe auf, um ihn mir näher anzusehen, und kann damit endlich dem unerträglichen Tête-à-tête ein Ende machen. Der Schrank ist voll von roten Fähnchen mit Hammer und Sichel – eines davon zerfetzt, wie von Kugeln durchlöchert –, von allen möglichen Abzeichen sowie Gravuren, die vermutlich revolutionäre Ereignisse darstellen, Szenen der Pariser Commune. Und da sind auch zwei große Bilder, bunt wie Spielkarten, von historischen Persönlichkeiten, deren Namen darunter stehen: wenn ich es richtig lese (ich muß mich vorbeugen), Mathias Corvinus rex und (wirklich sehr mühsam zu entziffern) Béla Kun. Auf dem Schrank ein Foto von Lenin, der auf einem Sockel steht – einer geflochtenen Weizengarbe –, darüber ein roter Stern. Und dieses Foto ist es, was von den beiden Spots angestrahlt wird wie von brennenden Wachskerzen auf einem Altar.

Da hat Madame ihren speziellen Winkel! sagt die Stimme messerscharf. Gleich darauf mit einem tiefen Seufzer: Was für eine Stromverschwendung! Sie verlangt, daß die Lampen ununterbrochen brennen!

Ich bleibe noch ein Weilchen davor stehen, die Hände auf dem Rücken, und schaue es an.

Wieder ein Seufzer, und dann: Madame hat nun mal diesen Tick, davon wird niemand und nichts sie mehr abbringen, sie hat sogar schon gedroht, ihre ganze Familie zu enterben, wenn man sie nicht ernst nähme. Dritter Seufzer: Man muß sie schon ernst nehmen, aber alle sind entsetzt, keiner kommt mehr zu Besuch, und ich muß das alles ertragen. Wie lange noch? Sie wird in völliger Vereinsamung und geistiger Umnachtung enden, Sie haben es ja selbst erlebt!

Ich antworte, ohne mich umzudrehen: Ich habe nichts dergleichen erlebt, sie ist reizend, hat viel Energie für ihr Alter und noch einen scharfen Blick.

Darauf die schneidende Antwort: Dann gehen Sie mal zu ihr!

Im selben Moment ertönt eine Klingel. Die Generalin hat wohl gemerkt, daß sie die Zeit verpaßt hat.

Als ich eintrete, sitzt sie im Bett, ein riesiges Kopfkissen im Rücken, ganz frisch und mit funkelnden Augen.

Nouchka, sagt sie und reicht mir die Hand, ich habe etwas länger geschlafen als vorgesehen, entschuldigen Sie, aber jetzt bin ich soweit. Wir werden genau an der Stelle weiterlesen, wo wir aufgehört haben, gestatten Sie nur, daß ich mir dieses Tuch um die Schultern schlage, oder besser noch, helfen Sie mir dabei.

Ich helfe ihr, sich ein großes rotwollenes Tuch umzulegen.

Phantastisch, fabelhafte Farbe! sagt sie mit ungarischem Rollen. So, nun mal los! Sie setzt sich zurecht und reicht mir das Buch mit einer Markierung an der Seite, wo ich beim letzten

Mal stehengeblieben war. Mir bleibt nichts anderes übrig. Ich muß den gräßlichen Text weiterlesen:

Von dem Augenblick an, wo das Privateigentum an beweglichen Sachen sich entwickelt hatte, mußte allen Gesellschaften, wo dies Privateigentum galt, das Moralgebot gemeinsam sein: Du sollst nicht stehlen…

Kichernd unterbricht sie mich: Du sollst nicht stehlen! Hört, hört! Die haben ihr Leben lang nichts anderes getan, diese Bojaren, als das Volk zu bestehlen! Lesen Sie weiter, Nouchka.

Wird dies Gebot dadurch zum ewigen Moralgebot? Keineswegs. In einer Gesellschaft, wo die Motive zum Stehlen beseitigt sind, wo also auf die Dauer nur noch höchstens von Geisteskranken gestohlen werden kann, wie würde da der Moralprediger ausgelacht werden, der feierlich die ewige Wahrheit proklamieren wollte: Du sollst nicht stehlen!

Ja, sagt sie und unterbricht mich wieder, ja, ausgelacht werden… Geisteskranke, nur Geisteskranke würden stehlen! Das ist einfach genial! Finden Sie nicht, Nouchka? Aber ich sehe, daß der Text Sie langweilt… Legen Sie das Buch beiseite, und nehmen Sie das andere da. Das ist die *Kritik der politischen Ökonomie*. Sie denken gewiß, daß Marx nur stinklangweilige Sachen geschrieben hat, das merke ich Ihnen an und Ihrer etwas angewiderten Art zu lesen… aber Sie täuschen sich, das werden Sie gleich sehen bei dem Abschnitt, den ich mit der umgeknickten Ecke markiert habe, es muß die Seite 166 sein…

da werden Sie einen wunderbaren Text über die Metalle finden, jawohl, über die Edelmetalle! Das hat ein Dichter geschrieben! Nur zu, lesen Sie.

Ich schlage das Buch an der angegebenen Seite auf. Ich bin verärgert, verkrampft, aber ich lese trotzdem. Der Abschnitt ist wieder mit einem Kreuzchen gekennzeichnet.

Andrerseits sind Gold und Silber nicht nur negativ überflüssige, d. h. entbehrliche Gegenstände, sondern ihre ästhetischen Eigenschaften machen sie zum naturwüchsigen Material von Pracht, Schmuck, Glanz, sonntäglichen Bedürfnissen, kurz zur positiven Form des Überflusses und Reichtums.

Sie macht mir ein Zeichen, innezuhalten. Wie finden Sie das, Nouchka? Pracht, Schmuck, Glanz? Die sonntäglichen Bedürfnisse? Sie müssen zugeben, daß Sie das nicht erwartet haben!

Ich überlege, was ich ihr sagen, wie ich ihr antworten könnte, als ich höre, wie die Tür langsam aufgeht. Ich drehe mich um in der Annahme, daß es ›die andere‹ ist, die mit dem Tee hereinkommt. Aber nein. Es ist die blaugraue Katze. Die Tür war wohl nicht festgeschlossen, und das Tier hat sie mit seinem runden Rücken aufgestoßen. Es kommt leise herein und springt ohne Zögern aufs Bett. Die Gräfin nimmt es auf den Arm, streichelt es und fordert mich (ziemlich energisch) auf, weiterzulesen. Ich gehorche.

Sie erscheinen gewissermaßen als gediegenes Licht, das aus der Unterwelt hervorgegraben wird, in dem das Silber alle Lichtstrahlen in ihrer ursprünglichen Mischung, das Gold nur die höchste Potenz der Farbe, das Rot, zurückwirft...

Haben Sie gehört? sagt sie (nein, ich höre nichts, ich sagte schon, daß ich Mühe habe, meine eigene Stimme wahrzunehmen, und das wird sich auch bei ihr nicht ändern!) Hören Sie? Sie erscheinen als gediegenes Licht! Das Gold nur die höchste Potenz der Farbe, das Rot! Das Rot! Kann man es besser, eindrucksvoller beschreiben? Ist das schön! Sie schließt beglückt die Augen und streichelt die Katze.

Farbensinn aber ist die populärste Form des ästhetischen Sinnes überhaupt. Der etymologische Zusammenhang der Namen der edeln Metalle in den verschiedenen indogermanischen Sprachen mit Farbbeziehungen ist von Jakob Grimm nachgewiesen worden.

So beglückt sieht sie aus, so fest geschlossen sind ihre Augen, daß ich mich frage, ob sie nicht schon wieder eingeschlafen ist. Und die Katze ebenfalls.

Ich habe mir eine Brille aufgesetzt und ein gutgeschnittenes Kostüm angezogen.

Der Entschluß ist gefaßt. Ich mache mich auf den Weg zu meinem Generaldirektor. Er heißt Michel Dautrand. Wir haben telefonisch ein Treffen vereinbart. Sechs Uhr abends: eine unverfängliche Zeit.

Beim Betreten des hochmodernen Gebäudes, der *Résidence Ravel,* in der er wohnt, wird mir klar, daß der Mann, den ich besuche, kein kleiner Piesepampel sein kann. Luxus und Eleganz. Der Fahrstuhlschacht ist ganz aus Glas: ein Rauchglaszylinder, durch den der Blick auf die millimeterkurz gemähten Grünflächen der Wohnanlage fällt. Trotz der fortgeschrittenen Jahreszeit sind sie tadellos grün und frisch.

Der Herr, der mir die Tür aufmacht, wirkt gepflegt, distinguiert; er ist noch recht jung, nicht unsympathisch. Noch recht jung: damit meine ich, vermutlich zwischen vierzig und fünfzig, sagen wir fünfundvierzig. Nicht unsympathisch: Typ John Wayne, etwas abgekämpft, wenn mich nicht alles täuscht. Aber ein John Wayne, der alles andere als umgänglich ist. Das spüre ich sofort: er ist trocken, streng, steif, korrekt vom Scheitel bis zur Sohle.

Mademoiselle, sagt er, während er mich auf einem phantastischen weißen Lederpuff Platz nehmen läßt, es geht mir um folgendes: Ich bekleide einen sehr verantwortungsvollen Posten in dieser Stadt, wo unsere Firma ihren Sitz hat – in dieser Stadt wie auch anderswo, denn ich bin viel unterwegs –, und ich habe keine Sekunde für mich, um auch nur eine Zeile zu lesen; nun bin ich jedoch aus Berufsgründen dazu verpflichtet, an zahlreichen offiziellen Essen teilzunehmen, bei denen von allem möglichen die Rede ist, sehr oft von Literatur, und da ich nicht ewig wie ein Idiot oder Analphabet erscheinen will, dachte ich, daß ich mit Ihrer Hilfe, Mademoiselle...

Da ich bisher keine Gelegenheit hatte, ihn in seinem Redestrom zu unterbrechen, tue ich es jetzt und sage brüsk: Madame.

Er scheint nicht zu begreifen, wirkt verunsichert. Ich wiederhole: Madame. Ach so, sagt er, ja... ja natürlich...

Ich merke, daß er Mühe hat, den verlorenen Faden wiederzufinden. Es sieht auch so aus, als wollte er seine Tirade nicht fortsetzen, denn er fragt mich, ob ich etwas trinken möchte.

Ich erwidere: vielleicht einen kleinen Whisky, und denke bei mir, das ist mal was anderes als ewig Tee oder Kakao.

Er ist überrascht, versucht es aber nicht zu zeigen. Er holt aus einer sehr schönen skandinavischen Hausbar eine Flasche *Famous Grouse* mit zwei Gläsern und schenkt mir ein. Richtig so? fragt er.

Ich erwidere: Ein wenig mehr.

Er schaut sichtlich besorgt zu mir auf, schenkt jedoch etwas zu (diesmal zuviel). Schenkt sich selbst ein. Fragt, ob ich Eiswürfel möchte. Ich möchte keine. Er möchte wohl. Holt welche. Schüttelt die Eisstückchen in seinem Glas.

Ja, sagt er – aber der Ton ist eine Spur zu tief –, ja, ich bin überbeschäftigt... Sie wissen ja, wie das ist im Geschäftsleben... vor allem in dem Bereich, wo ich arbeite... ich habe mit Metallen zu tun... schon als Kind träumte ich von Metallen, ich liebte Metalle, sie anzusehen, anzurühren entzückte mich... gewissermaßen hab ich's geschafft, ich habe erreicht, was ich wollte... ich hole die Metalle aus der Erde und importiere sie. Sie haben sicher verstanden, Bergwerke...

Ich hebe mein Glas in Augenhöhe, als wollte ich mit ihm anstoßen, und sage: Und Sie graben hier, auf dem Land, in der Erde?

Wir haben unsere Bergwerke fast überall, sagt er, in der ganzen Welt, vor allem in Neukaledonien, Nickel... aber mit Neukaledonien, Madame, das brauche ich Ihnen nicht zu erklären, da wissen Sie ja, wie es steht... Nickel, ich weiß nicht, ob man noch lange davon reden kann – zum Glück haben wir auch Bergwerke in Afrika, sehr bedeutende Bergwerke...

Ich benetze meine Lippen und sage, daß ich jetzt verstehe, warum er so viel unterwegs ist.

O ja, allerdings, sagt er, immer auf Reisen, die

Flugzeuge, die Flughäfen, die fürchterliche Jet-Society... aber auch im Zug, sehr oft im TGV, nach Paris...

Ich frage mich, warum er eigentlich keine Zeit zum Lesen hat, wenn er so oft im Zug sitzt oder im Flugzeug. Ich frage ihn.

Ach, Madame, sagt er, freilich lese ich unterwegs, aber Akten, immer Akten!

Ich sehe ihn deutlich vor mir, wie er mit seinem Aktenköfferchen oder seiner prallvollen Aktentasche und einem eleganten Koffer von Bahnhöfen zu Flugplätzen eilt. Immer in Zeitdruck, immer gehetzt wie alle anderen. Ungeheuer imponierend! Spesen über Spesen. Seine Firma! Sein Nickel! Und nicht der kleinste Platz in seinem Tagesablauf, um ein Buch zu lesen. Aber warum ist dann Platz für mich? Für die Zeit, die ich auf seine Bildung verwenden müßte?

Seine Antwort ist einfach und geradeheraus (bestimmt vorbereitet und überlegt): Hören Sie, Madame, ich muß Ihnen etwas gestehen, es ist nicht nur eine Frage der Zeit, ich bin nicht imstande, verstehen Sie, *nicht imstande,* ein Buch zu lesen, das muß an meinem Werdegang liegen, an meinen Lebensgewohnheiten, an der Hektik, die meine Arbeit mit sich bringt, ich weiß nicht recht, aber es ist so... wenn mir hingegen jemand... seine Mithilfe verspricht, wenn eine *Stimme,* vielleicht die Ihre, mir helfen würde, den Weg zum Lesen zu finden... verstehen Sie? Ich sage ihm, daß es Kassetten gibt, sehr gut gemachte Aufnahmen, die er zu Lande, zu

Wasser oder in der Luft hören könnte, und auch verschiedene ›Schnell-Leseverfahren‹, die man speziell für eilige Geschäftsleute entwickelt hat. Er macht ein gequältes, verletztes Gesicht: Sie verstehen mich nicht. Ich versuche, Ihnen klarzumachen, daß es... wie soll ich sagen... personalisiert sein müßte... Er wechselt plötzlich den Ton, steht auf, als wollte er mir nicht länger so Auge in Auge gegenübersitzen: Gut, sind Sie bereit, Madame, den Dienst zu übernehmen, den Sie mit Ihrer Anzeige doch wohl anbieten? Es würde mich außerordentlich freuen; das schwierigste Problem wäre die Zeitplanung, weil ich so besetzt bin, aber Ihre Bedingungen...

Ich unterbreche ihn mit einer kleinen Handbewegung. Während der Pause, die folgt, lasse ich meinen Blick im Zimmer umherschweifen: es erscheint mir sehr groß und leer, trotz schöner Reproduktionen von modernen Bildern (vielleicht Originale?), die an den Wänden hängen. Die ganze Wohnung wirkt riesengroß und leer. Lebt er allein? Er trägt ja einen Ehering am Finger.

Ich frage ihn: Und Ihre Frau?

Er wirkt pikiert: Wieso... meine Frau?

Kann die Ihnen nicht vorlesen?

Es ist, als hätte ich einen Blitz ausgelöst. Im Bruchteil einer Sekunde sinkt er wieder auf den Puff mir gegenüber, senkt den Kopf, umfaßt mit beiden Händen seine Stirn, blickt wieder empor: sein Haar ist zerzaust, seine Gesichtszüge zeugen von tiefster Verwirrung, der Herr Generaldirektor ist mit einem Schlag nur noch ein trauriger Hampelmann. Er macht das Bild noch vollständiger, indem er den Knoten seiner Krawatte lockert und den Kragen öffnet.

Wir leben getrennt, sagt er, seit über einem Jahr... ob Sie es glauben oder nicht, ich lebe ganz allein. Er wiederholt: *ganz allein...* Nicht mal eine Putzfrau... doch, eine Putzfrau von der Firma, das ist alles.

Ich sage: Deshalb wollen Sie sich also etwas vorlesen lassen?

Ich verabschiede mich und verspreche ihm, mir die Sache zu überlegen. Und ihm auf jeden Fall meine kleine Broschüre zu schicken.

Er ist wie verwandelt. Er ergreift flehentlich meine Hand. Was muß man lesen, fragt er, die Duras?

Ich sage ihm: Na ja, das reicht vielleicht nicht ganz; man spricht viel von Claude Simon als Kandidaten für den Nobelpreis, und wenn das passieren sollte, dann wird bei Geschäftsessen viel davon die Rede sein, aber das sage ich Ihnen gleich, der Autor liest sich nicht leicht.

Er hält meine Hand fest, und ich frage mich, ob er sie je wieder loslassen wird. Kommen Sie wieder, sagt er. Kommen Sie bald wieder.

Ich gehe auf Erics Wunsch ein. Von Kopf bis Fuß in einen Regenmantel gewickelt, denn es regnet seit gestern ununterbrochen, erscheine ich bei ihm, und die Mutter empfängt mich der Situation entsprechend (legen Sie ab, stellen Sie Ihren Regenschirm ab, trocknen Sie sich ab!). In Erics Zimmer sitze ich im Musselinkleid über nackten Beinen, als wären wir mitten im Sommer (sie hat es übrigens gleich bemerkt und kurz die Stirn gerunzelt).

Eric zeigt sofort, daß er sich darüber freut. Er scheint es eilig zu haben, ist ungeduldig. Seine Mimik ändert sich unablässig. Also los, sagt er, lesen wir.

Mit noch nassem Haar sitze ich auf dem gewohnten Stuhl, den bauschigen Rock über den Knien, und beginne mit einer neuen Geschichte von Maupassant, denn Eric wollte, trotz des Baudelaire-Zwischenspiels, bei Maupassant bleiben, der ihm, wie er behauptet, gefällt, der ihn wirklich ablenkt, genau das Richtige für ihn ist (wahrscheinlich will er mit dieser Hartnäckigkeit beweisen, daß der Anfall vom ersten Mal ihn keineswegs von phantastischen oder ausgefallenen Geschichten abgebracht hat). Diese Geschichte handelt von Jägern. Sie kommen an einem Abend bei starkem Wind auf ihrem Gelände zusammen:

Draußen wehte ein heftiger Wind, ein brausender, galoppierender Herbstwind, einer der Winde, die die letzten Blätter morden und sie bis zu den Wolken hinaufwirbeln.

Während ich lese, lasse ich mein herbstlaubfarbenes Kleid nach und nach wie unabsichtlich immer höher meine Schenkel hinaufrutschen. Er sieht es. Ich höre deutlich seinen Atem. Meiner wird kurz undunregelmäßig. Es fällt mir schwer, weiterzulesen, die Worte zu formen. Und doch muß es sein:

Die Jäger saßen beim Abendessen; es ging seinem Ende zu. Sie waren noch gestiefelt und gespornt, rotgesichtig, aufgekratzt, entflammt...

Ich habe keine Ahnung, was ich lese. Ich habe keine Ahnung, wovon die Geschichte handelt, verstehe nicht einmal die einzelnen Worte. Aber diesmal höre ich im Gegensatz zu sonst deutlich, was ich gerade lese: ›...noch gestiefelt und gespornt, rotgesichtig, aufgekratzt, entflammt.‹

Eric ist sehr ruhig. So konzentriert hat er noch nie zugehört. Sein Atem wird immer tiefer, ist aber regelmäßig. Sein Blick ist hellwach.

Ich lasse mein Kleid noch etwas höher rutschen. Ziehe es fast bis zum oberen Rand meiner Schenkel. Ich weiß nicht, was mir auf einmal in den Kopf kommt. Oder ihm. Ich kann ein leichtes Zittern meiner Knie nicht unterdrücken, auch nicht der Hände, die das Buch halten. Er sieht mich unverwandt an. Er hört zu. Die Zeit vergeht. Die Geschichte, die Worte ertönen und verhallen. Diese Jäger waren anscheinend *Normannen, halb große Herren, halb Krautjunker, halb Bauern, reiche, kräftige Kerle, durchaus imstande, den Ochsen die Hörner abzubrechen, wenn sie sie auf den Viehmärkten festhielten... Wenn sie sprachen, war es ein Gebrüll.*

Ich höre nichts: ›Wenn sie sprachen, war es ein Gebrüll.‹ Es ist warm in dem abgeschlossenen Raum, so warm, daß ich wohl recht daran tat, dieses Kleid anzuziehen. Draußen regnet es allerdings noch immer. Welcher Dichter war es, der sagte, der Regen fällt ›dicht und grau‹? Ich darf nicht vergessen, daß Eric auch die Dichter liebt und daß ich ihm helfen muß, andere zu entdecken. Wir werden schließlich nicht zu Dauerlesern von Maupassant werden wollen!

Aber schon sind wir mittendrin. Auf zur Jagd mit den Jägern! Und ich bekomme allmählich meinen Atem wieder unter Kontrolle. Auch Erics Atem wird flacher, regelmäßiger. Wir sind beide ganz ruhig.

Da geht die Tür auf. Die Mama (hat sie angeklopft?) bringt den Kakao. Ich habe gerade noch Zeit, mein Kleid über die Knie zu ziehen, prestissimo.

Pünktlich auf die Minute treffe ich bei der Generalin ein. Trotzdem bleibt es mir nicht erspart, in dem musealen Salon wieder der Zofe gegenüber Platz zu nehmen, die heute weniger zugeknöpft ist als beim letzten Mal.

Um etwas zu sagen, äußere ich meine Verwunderung darüber, daß der Schrank mit den Orden und Ehrenzeichen immer elektrisch beleuchtet ist. Warum knipst sie die Spots nicht aus? Selbst wenn die Generalin in dieser Hinsicht einen Tick hat, so kann sie doch von ihrem Bett aus die Dinge nicht kontrollieren.

Oh, sagt sie, Sie kennen sie nicht, sie steht doch auf! Als sie mein Erstaunen sieht, erklärt sie mir, daß die Gräfin (sie sagt nicht Generalin, sondern Gräfin) durchaus nicht gebrechlich ist, wie man aufgrund ihrer stundenlangen Bettruhe vermuten könnte, ganz im Gegenteil! Sie will auf diese Weise nur ihre Kräfte schonen und will sich selbst, vor allem jedoch anderen, ihr hohes Alter bewußt machen; aber es kann passieren, daß sie plötzlich und unerwartet ihre Decken zurückschlägt, aus dem Bett steigt, ihren Stock hervorholt, den sie unterm Bett versteckt hält, und so, mit dem Stock in der Hand, durch die ganze Wohnung marschiert, natürlich nachdem sie einen Morgenrock übergezogen hat.

Sie kennen sie nicht! wiederholt die Zofe. Sie will alles selbst in Augenschein nehmen. Wenn Sie wüßten, wie sie mich behandelt an manchen Tagen! Was für Demütigungen (leichtes Schniefen, eine Krokodilsträne)! Ein Beispiel: Sie müssen zugeben, daß ich selbst ihre Vorleserin hätte sein können, ich liebe Bücher, und meine Stimme ist nicht unangenehmer als irgendeine andere (o doch, sie ist scharf wie eine Messerklinge!), sie hat aber eine andere kommen lassen, nämlich Sie, sie hat eine andere vorgezogen. Um mich zu demütigen, verstehen Sie, um mich zu demütigen! Als ich sie auf einmal so niedergeschlagen und zerknirscht vor mir sehe – zumindest scheint es mir so –, antworte ich ihr, daß das Vorlesen von Marx wahrlich kein Privileg ist, vielmehr eine lästige Pflicht, und daß sie froh sein solle, daß ihr diese Aufgabe erspart bleibt.

Ich weiß nicht, wer dieser Marx ist, erwidert sie spitz, aber ich weiß wohl, daß die ganze gräfliche Familie es als Fluch und Schande empfindet, in ihrem hohen Alter, denken Sie nur, solche Bücher!

Die Schnauberei und Schluchzerei beginnt von neuem. Ich schweige lieber bei all dem Getue. Da sie wohl meinen Unmut spürt, rückt sie mit ihrem Stuhl näher an meinen heran und sagt zu mir: Glauben Sie ja nicht, daß ich eifersüchtig auf Sie und Ihre Stellung bin, ich weiß sehr gut, daß Sie sich da besser auskennen als ich, daß Sie gebildeter sind... und ich weiß auch, daß Ihre Stimme viel angenehmer ist (tiefer Seufzer)... vor allem aber, daß Sie viel anziehender sind (das will ich hoffen!). Ja, Sie sind wirklich sehr hübsch (doppelter Seufzer)!

Es ist die Generalin selbst, die mich aus dieser beklemmenden Lage befreit. Als ob sie durch die Wand unser Gespräch mitgehört hätte und unverzüglich den sichtbaren Beweis für die Reden ihrer Zofe liefern wollte, kommt sie mit Handstock und in einem komisch drapierten Morgenrock ins Zimmer, halb theatralisch, halb gespenstisch, vom Alter sichtlich gebeugt, aber dennoch eine stattliche und unwillkürlich imponierende Erscheinung.

Nouchka, sagt sie, Sie sind ja da, reichen Sie mir Ihren Arm! Und schon beginnt sie, an meinen Arm geklammert, ihren Rundgang durchs Zimmer. Die andere ist im Nu verschwunden. Mit eiserner Energie und Entschlossenheit stampft die Gräfin mit ihrem Stock auf den Boden. Fast ist es, als wollte sie die Stationen eines Kreuzwegs, eines Pilgerwegs deutlich markieren. Und tatsächlich bleibt sie vor jeder Gravure, vor jedem Bild, vor jedem ausgestellten Gegenstand stehen.

Das da, sagt sie, sind die Insignien des österreichisch-ungarischen Reiches, Sie sehen den Doppeladler, und das ist das große Ordensband des Kaiserreichs, mit dem mein Mann ausgezeichnet wurde, ich brauche Ihnen nicht zu sagen, daß ich diesem Klimbim aus einem anderen Jahrhundert nicht die geringste Bedeutung beimesse, ich bewahre ihn hier auf, um sein Andenken zu ehren, aber als Gegengewicht habe ich dort, unter Glas, die erste Bittschrift der armen Bauern aus den urkainischen Karpaten ausgestellt, mit der Hand geschrieben, wie Sie sehen, ein erschütterndes Dokument, sehen Sie nur das Blut und die Tränen, mit denen dieses Blatt getränkt ist... Kommen Sie, Nouchka!

Auf meinen Vorderarm gestützt und bei jedem Schritt kräftig mit dem Stock aufstoßend, humpelt sie weiter bis zum hell beleuchteten Schrank und bleibt triumphierend und gleichsam aufatmend davor stehen.

Dies ist, wie Sie sehen, eine andere Art von Orden, eine andere Welt, ein anderes Licht! Deshalb brennen die Lampen Tag und Nacht, auch wenn meine Angehörigen sich noch so sehr darüber aufregen; es sind kleine Spießbürger, Geizkragen, Krämerseelen, die nichts anderes können als ihr Geld zählen, das heißt ihr Bankkonto überwachen; sie haben noch nicht begriffen, daß die Welt dabei ist, sich von Grund auf zu verändern! Sie verstehen, was ich meine, Nouchka... jedenfalls brauche ich diese Vitrine nicht näher zu erläutern, sie spricht für sich selbst... Wenn Sie eines von diesen kleinen Abzeichen haben möchten für Ihren Jackenaufschlag, falls Sie jemals ein Kostüm anziehen, dann schenke ich Ihnen gerne eins, Sie brauchen nur auszusuchen... Aber vor allem sollten Sie diese Fahne bewundern, die im Jahr sechsundvierzig auf den Barrikaden in Pest von Kugeln zerfetzt wurde und wahrscheinlich immer noch nach Pulver riecht... vor allem das Foto dort drüben... nein, nicht das von Vladimir Iljitsch, nein, das kleine, da unten... ein einmaliges Dokument... und ich werde Ihnen nicht verraten, wie es in meinen Besitz gekommen ist, Nouchka, sehen Sie nur...

Sie klopft beinahe ungeduldig mit der Stockspitze gegen die Scheibe und deutet auf ein vergilbtes Foto in einer Ecke auf dem ersten Regal, ein Foto, auf dem man einen betenden jungen Mann sieht. Sie beugt sich an mein Ohr und sagt leise: Stalin, Nouchka, als er noch Priesterschüler in Georgien war.

Dann nimmt sie wieder meinen Arm und zieht mich mit in ihr Schlafzimmer: Jetzt kommt die Lektüre!

Es ist Winter. Aber herrlicher Sonnenschein. Ich treffe mich mit Roland Sora in den Anlagen nahe bei der Universität. Er wollte sich ein wenig die Beine vertreten. Ich habe eine dicke Wolljacke und eine Skihose an. Er trägt einen alten Dufflecoat, der prima zu seiner Pfeife paßt. Rechts von uns kahle Bäume, aber links eine Reihe von Ligusterbüschen, unverändert grün. Kinder spielen auf den Rutschbahnen und Schaukeln.

Ich erzähle von meinem Generaldirektor. Ich erwähne vor allem, daß ich beabsichtige, ihm Claude Simon vorzulesen, um seine Bildung auf höchstes Niveau zu bringen, damit er bei seinen Geschäftsessen intellektuell Format zeigen kann.

Der ›alte Meister‹ fragt mich, ob ich diesmal nicht total durchdrehe, und nimmt mit etwas herablassender Gebärde meinen Arm, wie bei Leuten, mit denen man schonend und behutsam umgehen muß.

Ich mache ihm klar, daß ich fest dazu entschlossen bin, und da ich jetzt weiß, was es heißt, Vorleserin zu sein, und wie entscheidend meine Tätigkeit in manchen Fällen sein kann, will ich nicht im Mittelmäßigen steckenbleiben, sondern nur Erstklassiges. Besser ist es, von vornherein hoch anzusetzen.

Er reagiert nicht, führt mich statt dessen zu einer Rutschbahn, wo ein kleines Mädchen, das oben sitzt, bei unserem Näherkommen ihr Kleidchen zurechtzieht und dann abwärts saust. Er schaut die Kleine lächelnd an, versinkt ins Träumen.

Ich nehme den Faden wieder auf: Jawohl, ich werde mit ein paar Seiten aus der *Straße in Flandern* beginnen oder vielleicht mit den *Georgica*...

Ohne das Kind aus den Augen zu lassen, sagt er, wie ins Leere sprechend: Das ist wieder typisch für meine unvergleichliche Marie-Constance mit ihrer glänzenden Bildung (wirklich ein Jammer, daß du das Studium abgebrochen hast!), aber glaub mir, wenn es unbedingt Claude Simon sein muß, dann solltest du nicht mit diesem Buch anfangen, schon gar nicht bei einem Generaldirektor, sondern mit dem *Anschauungsunterricht,* das ist, wie der Titel sagt, der richtige Stoff für deinen Unterricht, da geht es um einfache, alltägliche *Dinge*...

Natürlich spüre ich die herablassende, aber auch ein wenig bittere Ironie in seinen letzten Worten. Ich kontere: Der Mann ist doch kein Anfänger, er ist gebildet, hat Format, Feingefühl, Autorität und ist im übrigen eine glänzende Erscheinung, er hat unheimlich viel gelesen, er will seine Kenntnisse auffrischen, weil ihm seine ungeheure Aktivität zum Lesen keine Zeit mehr läßt, das ist alles.

Gut, sagt Roland Sora, ausgezeichnet! Und da setzt er auf dich?

Ich sage: Ja, genau, auf mich. Er hat meine Anzeige ernst genommen, er nimmt meinen Beruf ernst!

Der Meister führt mich zu einer Bank hinten im Garten. Wie wär's, wenn wir uns einen Augenblick in die Sonne setzten? sagt er. Ich antworte, daß es eine gute Idee ist, aber daß es doch langsam kalt wird und wir nicht lange bleiben können. Kaum sitzen wir, da läßt sich am äußersten Ende der Bank eine alte Frau nieder. Sie hält eine Margerite in der Hand, die sie wer weiß wo gepflückt hat. Man könnte glauben, daß sie uns belauschen will.

Roland macht ein gereiztes Gesicht. Er beugt sich an mein Ohr, ich spüre seinen leichten, warmen Atem an meinem Ohrläppchen, und er sagt leise: Also, wenn ich recht verstehe, läuft alles wie am Schnürchen?

Ich antworte einfältig: Was läuft?

Er beugt sich noch etwas weiter vor, als wollte er wirklich nicht, daß jemand mithört: Mit dem neuen Kunden… wie geschmiert… Topniveau? Da ich den Eindruck habe, daß er sich über mich lustig macht, erwidere ich: Er ist nicht mein Kunde, er ist schon ein Freund, übrigens ein sehr distinguierter Mann.

Die alte Dame schenkt uns nicht die geringste Beachtung. Sie hält ihre Margerite jetzt in Mundhöhe und beginnt sehr gewissenhaft ein Blatt nach dem anderen herauszuzupfen.

So bin ich auch: sehr gewissenhaft.

Ich bin wieder zu dem Mann in der Agentur gegangen, um ihn zu bitten, meine Anzeige noch mal in die Zeitungen zu setzen, denn nach einer gewissen Zeit erfolgt das, laut Vertrag, nicht mehr automatisch. Er schien überrascht. Er kaute wieder an seiner Kippe und sah mich mit der gleichen Verwunderung an wie damals. Ich sagte ihm, daß es glänzend läuft. Aber er schien mir nicht zu glauben. Eine Mischung aus totaler Skepsis und sturer Gleichgültigkeit. Als wollte er mir zu verstehen geben: Das alles ist Ihre Sache... wenn Sie zufrieden sind, gut, wenn es Ärger gibt, dann beklagen Sie sich nicht bei mir...

Er hat mich gefragt, ob ich denselben Text beibehalten will. Ich habe gezögert, dann habe ich ›Poesie‹ hinzusetzen lassen. Statt: ›Junge Frau kommt zum Vorlesen ins Haus. Texte nach Wahl: Romanie, Sachbücher u. a.‹ heißt es nun: ›Junge Frau kommt zum Vorlesen ins Haus. Texte nach Wahl: Romane, Poesie, Sachbücher u. a.‹ Der Zusatz kostet zwanzig Francs mehr. Ein kleiner Luxus. Er fand es absurd. Das Wort ›Poesie‹ mache das ganze Unternehmen zunichte. Ich habe nicht nachgegeben, habe mich durchgesetzt. An sich belanglos, aber nicht für mich.

Das Ergebnis hat nicht auf sich warten lassen. Eine junge Dame aus den besten Kreisen unserer Stadt hat mir geschrieben und mich gefragt, ob ich ihrer achtjährigen Tochter von Zeit zu Zeit ›Poesie‹ vorlesen würde.

Ich sitze der Dame gegenüber. Ich höre ihr zu. Sie ist bildhübsch, todschick, sehr gepflegt. Es geht ihr um folgendes: sie arbeitet, sie ist die ›treibende Kraft‹ in einem Immobiliengeschäft, sie hat keine Minute für sich und ist absolut nicht in der Lage, sich um ihr Töchterchen zu kümmern. Sie braucht eine liebevolle Person, die das für sie übernimmt.

Ich erwidere ihr, daß ich keine Lehrerin, sondern *Leserin* bin, daß sie sich wohl geirrt hat.

Sie hält mich mit einem bezaubernden Lächeln fest. Ganz und gar nicht, sie hat die Anzeige genau gelesen, sie irrt sich durchaus nicht, ich solle sie nur erst einmal ausreden lassen. Lehrer und Lehrerinnen hätte sie, wenn es nötig wäre, zur Genüge, aber die Kleine ist eine sehr gute Schülerin, da liegt das Problem nicht, das Problem ist vielmehr, daß die Kleine zu Hause allein ist, manchmal ganze Abende lang, und daß sie unbedingt jemanden braucht, der ihr Gesellschaft leistet, sie anregt und... ihr vielleicht sogar etwas Herzenswärme gibt, die sie selbst als Geschäftsfrau leider nicht immer parat hat...

Sie schaut mich offen an, als läge ihr viel daran, mich wirklich zu überzeugen; ihr filmstarhaftes Gesicht hat fast etwas Pathetisches, ihre Frisur sitzt tadellos, ihre Lider sind wunderbar blau, die Wimpern wunderbar geschwungen, türkisfarbene Ohrringe mit dazu passender Halskette, Autorität in Augen und Stimme.

Nichts ist schlimmer, sagt sie, als das Leben von Geschäftsfrauen. Die Hausfrauen, die immer über ihre Lage jammern, wissen gar nicht, wie gut sie es haben... in ruhigem, gleichmäßigem Rhythmus leben, sich um seine Kinder kümmern können, das fehlt uns vollkommen... erst recht, wenn man solch einen verantwortungsvollen Posten hat wie ich, der mir keine Atempause läßt... obendrein noch einen Ehemann im Ausland... dabei muß ich Ihnen sagen, daß es mir nie in den Sinn käme, auf dieses hektische Leben, auf diese Verantwortung zu verzichten... es ist mein Leben, mein Schicksal... ich fühle mich am rechten Fleck, könnte mir gar nichts anderes vorstellen... und doch wird es immer mehr, immer intensiver, immer stressiger... manche von meinen Freunden meinen sogar, daß ich in die Politik gehen sollte... vielleicht liegt mir das... auf jeden Fall bin ich glücklich bei all dieser Hektik, dieser Betriebsamkeit... daher auch dieses schreckliche Problem, bei dem ich Ihre Hilfe brauche... Clorinde ist, wie Sie sehen werden, ganz reizend und anhänglich... wenn Sie gestatten, werde ich sie jetzt holen...

Sollte ich hier noch einmal das gleiche erleben wie bei Erics Mutter? Ich frage es mich nicht ohne Beklemmung. Freilich, diese Frau ist ganz anders, sie ähnelt eher meinem Generaldirektor. Aber gerade das ist verwirrend: die Situationen auf einmal einander gegenübergestellt, ineinandergreifend. Die Frau Generaldirektorin und die Frau Mama.

Es stimmt übrigens, daß Clorinde ganz allerliebst ist. Als sie mit ihrer Mutter hereinkommt, bin ich sofort von ihrem frischen kleinen Gesicht unter den Ringellöckchen entzückt. Ein spitzes Näschen. Auf den Wangen ein paar Sommersprossen. Hellwach und spitzbübisch. Aber ich frage mich natürlich sofort, was ich für so ein kleines Mädchen tun könnte. Mit einer Achtjährigen hatte ich wirklich nicht gerechnet. Was könnte ich ihr vorlesen? *Alice im Wunderland?* Ich habe wohl laut gedacht. Genau das, sagt die Mutter, *Alice im Wunderland,* das ist genau das Richtige, sie kennt es nicht, und ich glaube, es ist das Buch, das sie braucht, das sie zum Träumen anregt und ihren Sinn für Poesie weckt... denn ich möchte, daß sie dafür ein Gefühl entwickelt... Business ist für mich eine Droge, verstehen Sie? Ich bin aktiv, ich reise, speise hier und da, aber für Clorinde möchte ich etwas anderes, etwas Wesentliches. Poesie... Sie haben das richtig verstanden und ausgesucht...

Clorinde sagt kein Wort. Sie ist wohl ein bißchen eingeschüchtert, aber ab und zu blickt sie mit ihren hellen Augen zu mir auf, als wollte sie sehen, mit wem sie es zu tun hat. Um ihre Lippen spielt ein ganz kleines Lächeln. Offenbar gefalle ich ihr. Und sie gefällt mir.

Warum muß ich dauernd in solche Situationen geraten? Immerhin ist diese bestimmt nicht die unangenehmste. Auch nicht die schwierigste, wenn man es recht bedenkt. Also abgemacht. Ich willige ein.

Ich bin nicht sicher, ob ich die Richtige bin, sage ich zu der Managerin-Mama, um ein kleines Mädchen in diesem Alter zu betreuen, ich habe nicht die nötige Ausbildung dafür und auch keine besondere Erfahrung, aber wenn sie es möchte und wenn Clorinde es auch möchte, wenn wir uns einig sind und wenn ganz klar ist, daß man von mir nichts anderes erwartet als Vorlesen, dann will ich es versuchen.

Clorinde blickt wieder auf, und diesmal nickt sie zustimmend. Ja, sie möchte es gerne.

Am Abend finde ich zu Hause ein altes Exemplar von *Alice,* und während ich auf Philippe warte, der meistens spät heimkommt, lese ich auf gut Glück ein paar Zeilen daraus im ›Klangkabinett‹. Es ist der Abschnitt, wo das Weiße Kaninchen seinen Fächer und seine Glacéhandschuhe verloren hat und Alice auffordert, sie zu suchen. Sie sucht in allen Ecken des großen Raums, sogar unter dem Glastisch, und denkt bei sich: Er hält mich für sein Dienstmädchen. Ich wiederhole den Satz in der gedämpften Stille des Zimmers: *Er hält mich für sein Dienstmädchen.* Ich denke, auch Clorindes Mutter hält mich vielleicht für ein Dienstmädchen. Genauso wie die Generalin. Wie alle. Vielleicht. Es ist nicht sicher. Man muß die Unannehmlichkeiten des Berufs und seine Risiken in Kauf nehmen.

Auf jeden Fall habe ich jetzt eine richtige Kundschaft. Es ist sogar ein kleines Mädchen darunter; ich selbst habe nie ein kleines Mädchen oder einen kleinen Jungen gehabt.

Auf der linken Seite, da, wo ich das Buch aufgeschlagen habe, steht ein schönes Bild, zart schraffiert, eine Federzeichnung, die das Kaninchen mit seinem Fächer und seinen Handschuhen darstellt, daneben Alice in einem komischen durchsichtigen Kleid. Auf der rechten Seite ein Foto von Reverend Dodgson, der selber so gern kleine Mädchen fotografierte.

Da ich entschlossen bin, den Versuch mit Michel Dautrand fortzusetzen, gehe ich, mit einem Buch von Claude Simon bewaffnet, zu ihm. Ich trage wieder die Brille, aber nicht das Kostüm. Schluß mit dem Grande-Dame-Look. Diesmal habe ich eine schlichte Cordhose an. Und damit zugleich ein Kleidungsstück, das mich schützt. Ich hoffe, daß mein Gesprächspartner darüber nicht genauso enttäuscht sein wird wie Eric. Ich werde es seinem Gesicht ansehen.

Witzigerweise hatte er fast den gleichen Gedanken wie ich. Er hat auf Jackett und Krawatte verzichtet und trägt statt dessen einen großen, formlosen Pullover und wirkt sehr entspannt, viel lockerer jedenfalls als beim letzten Mal. Er sagt mir, kaum daß ich da bin, daß er nur eine Stunde Zeit habe und nicht zwei, wie geplant war. Ich möge also eine ›Intensiv-Lektüre‹, wie er es nennt, praktizieren. Vermutlich ist das der Grund, warum er sich auch gleich in einen großen Sessel wirft, die Hände im Nacken verschränkt, die Augen schließt und wartet.

Ich werde aufgefordert, in einem anderen Sessel Platz zu nehmen, ziehe jedoch den Lederpuff vor. Ich erkläre ihm kurz, daß bei Claude Simon eine ›Intensiv-Lektüre‹ möglich sein müßte, weil er eine sehr dichte Prosa schreibt. Aberich sage ihm auch, daß er keine Story, keine spannenden Ereignisse, nichts Anekdotisches erwarten darf, statt dessen einen schönen Text, bei dem jedes Wort sein Gewicht hat.

Ich habe einen Abschnitt aus dem *Anschauungsunterricht* ausgesucht, wo ein Bild beschrieben wird:

Drei Frauen, wohl von zartem Teint, den sie mit Schirmen vor der Sonne schützen, steigen den Hang des Gartens herab. Sie tragen helle, altmodische, in der Taille eng geschnürte Kleider mit Puffärmeln. Eine von ihnen wedelt mit einem Laubzweig um ihren Hut und Oberkörper herum, um die Bremsen zu verscheuchen. Aus den zerknickten Nußbaumblättern strömt ein zu Kopf steigender, von der Nachmittagshitze noch verstärkter Duft. Die Bremsen haben lange, gräuliche, schwarz gesprenkelte Flügel und einen schwarzen Kopf. Den Frauen voraus läuft ein kleines Mädchen in einem hellen Kleid und mit einem Canotier aus glänzendem Stroh, dessen flachgedrückte Halme im V-Muster geflochten sind. Es hält einen Strauß Feldblumen in der Hand…

Ich lasse mich von den Sätzen mitreißen. Aber als ich aufblicke, stelle ich fest, daß Monsieur Dautrand die Augen nicht länger wegen der ›Intensiv-Lektüre‹ und seiner Konzentration geschlossen hält, sondern ganz einfach schläft. Seine Hände sind noch immer im Nacken verschränkt, die Ellbogen jedoch schlaff herabgesunken. Aus seinem Mund dringt unverkennbar ein leises Schnarchen. Übrigens nicht nur ein Schnarchen: auch zwei oder drei bunt schillernde Bläschen – wie Seifenblasen – und ein winziger Speichelfaden. Der geschäftige, starke Mann liegt auf einmal ganz schwach und preisgegeben vor mir. Warum auch nicht? Irgendwie tut er mir leid. Sein Leben muß wirklich hektisch, aufreibend, total erschöpfend sein. Und vielleicht freudlos. Solche Augenblicke der Entspannung hat er bestimmt bitter nötig. Und in solchen Momenten fällt eben die Maske. Aber die Schönheit bleibt. Denn ich muß wieder feststellen: der Mann ist ein Beau. Ich weiß nicht, was er durchgemacht hat; sein verführerischer Reiz hat jedenfalls nicht darunter gelitten. Es ist wohl wirklich diese gehetzte Art, die alles verdirbt, diese übertriebene Selbsteinschätzung. Aber jetzt, wie er so daliegt, im Schlaf, mit den Bläschen vorm Mund, jetzt ist das alles Gott sei Dank von ihm abgefallen, hat sich aufgelöst. Geblieben ist nur diese erschlaffte, kindliche Schönheit.

Ich hüstele. Er wacht auf. Öffnet lustlos die Lider. Ich nehme an, daß er etwas Verlegenheit oder Unbehagen zeigen wird, daß er ein paar Worte über Claude Simon äußern wird, aber nein, er richtet sich schlagartig auf, und mit einem Sprung ist er bei mir, beinahe auf mir, und das Buch sinkt herab.

Klappen Sie es zu, sagt er, legen Sie es weg, da, auf die Seite, kein Wort mehr darüber, ein großartiges Buch zweifellos, wirklich großartig, aber was soll das? Merken Sie denn nicht, daß ich *Sie* will, nicht das Buch?

Ich merke es, in der Tat. Er preßt sich an mich, versucht mich in die Arme zu nehmen, sucht meine Lippen. Gleichzeitig kommen Satzbrocken, Satzfetzen aus seinem Mund. Seit dem letzten Mal, sagt er, denke ich nur noch an Sie... hören Sie, ich mache Ihnen nichts vor, es ist die reine Wahrheit... ich kann nichts dafür... es ist nicht meine Schuld, es ist Ihre... wenn Sie nicht dieses täuschend unschuldige und wunderbar anziehende Gesicht hätten... verstehen Sie, wer könnte Ihnen widerstehen? Ich jedenfalls nicht... sehen Sie sich doch an!

Er zerrt mich ziemlich brutal zu dem großen Spiegel hinten im Zimmer und zwingt mich, mir ins Gesicht zu sehen.

Sie sind sagenhaft anziehend, erlauben Sie mir, das zu sagen, und ich habe nicht vor, es dabei bewenden zu lassen, das sage ich ganz offen... Finden Sie nicht, daß wir gut zusammenpassen? (Er legt seinen Kopf auf meine Schulter, im Spiegel, und hat bei aller Lächerlichkeit etwas Rührendes an sich.) Sehen Sie nur, wir könnten ein schönes Paar abgeben... heiraten Sie mich, das wäre das einfachste, ich bin ja frei!

Aber ich, muß ich ihm wohl oder übel antworten, ich bin es leider nicht!

Er ist wie zerschmettert. Er läßt mich los, fährt sich mit der Hand durchs Haar und zerwühlt es mit einer Bewegung (eine Angewohnheit von ihm, merke ich).

Sie sind nicht frei, sagt er, das ist ja schrecklich! Sie sind verheiratet?

So ist es, Monsieur.

Daran hatte ich nicht gedacht, sagt er, ich denke überhaupt an nichts, ich bin wie benommen, ein kranker Irrer. Das kommt von dem Leben, das ich führe. Das kann so nicht weitergehen. Nicht weitergehen. Bilanzen, Umsätze, Umsätze, es steht mir bis hier! Das muß anders werden. Aber Sie tragen ja keinen Trauring?

Ich trage keinen, aber ich bin verheiratet.

Er macht wieder sein verdutztes, unglückliches Gesicht. Wenn Sie auch nicht frei sind, so sind Sie doch wohl *ein wenig* frei?

Ich frage ihn, was er darunter versteht. Antwort wie aus der Pistole geschossen: Ein paar Augenblicke Ihres Lebens für mich, das wäre so schön, so wunderbar... Sie in meinen Armen... ein Traum, ein Rausch...

Er hat mich wieder gepackt, drückt mich an sich, immer fester, sucht meine Lippen. Ich weiche aus, entwinde mich ihm. Er wirkt ganz verstört.

Immerhin sind Sie doch nicht nur *Vorleserin?*

Ich schaue ihm tief in die Augen: Doch, doch, nur *Vorleserin*.

Er läßt die Arme sinken, resigniert: Gut, dann lesen Sie also.

Er setzt sich wieder in seinen Sessel. Ich greife wieder zum *Anschauungsunterricht:*

Der taube Hafer, die von den langen Röcken gefegten Gräser machen ein raschelndes Geräusch. Die im Gänsemarsch vordringende

Schar hinterläßt an der Flanke des Hügels eine unregelmäßige Spur, an deren Grund sich das Gras nur langsam wieder aufrichtet...

Er unterbricht mich und sagt, beinahe im Befehlston: Lesen Sie den ersten Satz noch mal. Ich freue mich, daß er offenbar an der Lektüre Interesse findet, und gehorche:

Der taube Hafer, die von den langen Röcken gefegten Gräser machen ein raschelndes Geräusch...

Erneute Unterbrechung. Veränderter Ton. Wieder steht er von seinem Sessel auf. Nein, wirklich, sagt er, ein solcher Satz bringt mich um! Die langen Röcke mit ihrem raschelnden Geräusch bringen mich um! So weit ist es gekommen! Mich überläuft ein Schauder von Kopf bis Fuß, mich überfällt ein zitterndes Verlangen (das sagt er tatsächlich so: mich überfällt ein zitterndes Verlangen, er ist der Literatur gar nicht so fern, wie ich annahm)... das ist schön, was? Aber auch traurig, unsagbar traurig... So weit ist es gekommen! Zwei kurze Satzbrocken, und es ist um mich geschehen! Das kommt davon, Madame, ob Sie es glauben oder nicht, daß ich seit sechs Monaten mit keiner Frau geschlafen habe... (er macht ein so tief betrübtes Gesicht, daß ich tatsächlich glaube, er wird diesmal losheulen)... ich lebe, wie ich Ihnen schon sagte, in absoluter Einsamkeit... sexuell und gefühlsmäßig in der Wüste...

Er ist noch näher an mich herangekommen, hat mich das Buch beiseite legen lassen, sich aber damit begnügt, meine Hand zu ergreifen.

Er hält sie, zu meinen Füßen auf dem Spannteppich kniend, fest umschlossen. Er drückt seine Lippen auf meine Fingerspitzen.

Wenn Sie mir helfen würden, etwas für mich tun würden... ich sehe Sie wieder wie neulich, in diesem Rock, Ihre Beine... Sie können mich retten, sagt er, retten Sie mich!

Ich fühle, wie das Mitleid von mir Besitz ergreift. Ich nehme meine Brille ab, beuge mich vor und biete ihm meinen Mund dar.

Ich war zweifellos unvorsichtig. Mein gutes Herz, wie Philippe es nennt, ist wieder einmal mit mir durchgegangen. Ich werde mit ihm reden müssen. Ich sagte schon, daß er ein großzügiger Ehemann ist und daß seine Aerologie ihn zu sehr in Anspruch nimmt, als daß er sich meinetwegen viel Gedanken machen würde; aber ich muß trotzdem mit ihm sprechen.

Ich spreche mit ihm. Ich nutze eine recht langweilige Fernsehsendung über Vulkane – ein Thema, das er liebt, aber an diesem Abend döst er trotz der vor ihm emporsprühenden Lava, trotz des holprigen Kommentars von Haroun Tazieff; er döst, er ist spät nach Hause gekommen und hat einen schweren Tag hinter sich... Ich schalte den Fernseher kurzerhand ab und bitte ihn, mich anzuhören. Er willigt wohl oder übel ein. Ich erkläre ihm die Situation. Er hat schnell kapiert, und seine Antwort fällt so aus, wie ich erwartet habe: Nimm dir den Kerl, wenn du Lust dazu hast (pardon, so redet er nun mal), ich vermute, daß er sehr viel Gefallen daran haben wird (auch das ist seine Sprache), aber ich rate dir, paß auf, triff Vorkehrungen. Und jetzt gehen wir schlafen.

Ich bin wütend. Ich sage: Nein, wir gehen nicht schlafen, ich bin nicht müde, ich will mit dir reden!

Der Haken ist, daß Philippe nie Lust dazu hat. Er schielt sehnsüchtig in Richtung Fernseher. Es paßt ihm gar nicht, wenn der Kasten ganz grau, ganz leer ist; ich glaube, daß es ihn richtiggehend in Panik versetzt. Aber an diesem Abend muß er es ertragen. Das Problem, das ich ihm dargelegt habe, verdient schließlich etwas mehr als ein paar Worte. Er scheint allerdings anderer Meinung zu sein, und ich merke schon, daß er schwere Lider hat. Seine Wimpern flattern. Herrliche Wimpern. Er ist hinreißend, macht aber leider absolut keinen Gebrauch davon. So wenig, daß ich da, vor ihm, zwischen dem Sessel und dem Fernseher, einfach nicht mehr weiß, was ich sagen soll; es verschlägt mir buchstäblich die Sprache. Um aus der Klemme herauszukommen, bevor er vor meinen Augen einschläft – er gähnt schon bedenklich –, schieße ich los: Gut, du bist also einverstanden, daß ich's tu?

Du tust, was du willst, sagt er. Aber gib auf dich acht, komm nicht ins Schleudern und vergiß vor allem nicht, daß ich dich liebe. Er ist aufgestanden und geht in Richtung Schlafzimmer. Dann besinnt er sich, will offenbar noch etwas hinzufügen. Nach kurzem Zögern: Da hattest du jetzt mal einen richtigen Job, du kamst gut an und warst zufrieden – setz das nicht aufs

Spiel für irgendein Wischiwaschi. *Wischiwaschi* gehört auch zu seinem Vokabular. Aber was will er bloß damit sagen jetzt? Ich merke jedenfalls, daß nichts mehr kommt. Er hat schon seinen Pulli über den Kopf gezogen und packt sich ins Bett.

Mit Sora ist es ein bißchen komplizierter. Natürlich ziehe ich auch ihn zu Rate. Man soll nicht sagen, daß ich leichtfertig handle.

Der ›alte Meister‹ ist, wie zu erwarten, perplex. Aber ich weiß seit langem, daß er mir gegenüber, gerade in solchen Dingen, nicht objektiv ist.

Du wirst alles verderben! – Er sagt das gleiche wie Philippe, jedoch in anderem Ton und mit anderer Stimme. Vor allem aber sind seine Gedanken und Hintergedanken ganz und gar nicht die gleichen. Nachdem der erste Schock vorbei ist, gibt er sich allerdings vollkommen locker und neutral. Tu, was du willst und wie du es willst! Genau wie Philippe. Sie sind wahrhaftig alle gleich. Sie lassen mir meine Freiheit. Ich werde wohl nie mehr eine Vaterfigur finden; seitdem der meine sich still und heimlich davongemacht hat, hatte ich absolut keine Gelegenheit, ihn zu ersetzen. Komm, Marie-Constance, sei kein kleines Kind mehr, sei erwachsen, nimm dein Leben selbst in die Hand! Wohlgemerkt, das sage *ich* in diesem Augenblick, nicht Sora. Der bleibt stumm wie ein Fisch. Er ist viel zu verärgert. Aber ich lasse nicht locker. Er muß seine Rolle spielen. Er muß mir sagen, was er denkt. Jawohl, Monsieur Sora, das müssen Sie. Los, reden Sie, heraus mit der Sprache!

Da, auf einmal, ganz unvermittelt, legt er los. Ein heißer Erguß von sartre-durchtränkten Sätzen, aus denen ich heraushöre: Meine Kleine, im Leben ist man immer frei und immer allein; tu, was dir gefällt, was dir Spaß macht, aber frage nicht um Rat... wenn es dir Spaß macht, mit diesem Herrn zu schlafen, dann tu es... er wünscht sich nichts anderes, das ist ja klar... ich hatte dich gewarnt, es ist dein Problem, nicht meins... allerdings gibt es Vergnügen, die sind manchmal nicht umsonst, die haben alle möglichen unvorhersehbaren Folgen, das weißt du genausogut wie ich, überleg es dir also gut... von dem Tag an, da du beschlossen hast, diese Anzeige aufzugeben, war alles möglich, das hatte ich dir gesagt, und daß zwangsläufig Verrückte, Besessene und irgendwie kaputte Typen darauf abfahren... erst recht ein Generaldirektor ohne Job, mag er sagen, was er will, wahrscheinlich pleite oder konkurs... getrennt und zu allem Überfluß noch geschieden, ein Jammerlappen, wie es ihn nicht zweimal gibt... wenn ich dich recht verstanden habe, gefällt er dir, vielleicht hat er Ähnlichkeit mit Bernard Tapie, das ist deine Sache... Riskier's. Du hast doch immer gemacht, was dir paßte, oder?... Aber wenn du wirklich eine Meinung hören willst: Gib gut acht, worauf du dich einläßt... und vergiß nicht, daß du die Anzeige aufgegeben hast, um *vorzulesen,* das heißt, um eine Arbeit zu haben, die interessant ist und Anerkennung findet... es schien zu klappen, nach dem, was du so erzählt hast... also meiner Meinung nach solltest du dich daran halten, ans *Vorlesen!*

Endlich ist er aus sich herausgegangen. Hat gesagt, was er denkt. Ich bin wirklich sehr froh darüber. Ich betrachte ihn mit einer geradezu leidenschaftlichen Bewunderung. Sein Gesicht ist vor Erregung gerötet. Es läuft viel besser als mit Philippe. Er bezieht jedenfalls Stellung. Ich glaube, daß ich zu ihm in all den Jahren eine sehr starke Bindung behalten habe. Aber warum habe ich immer Lust, das Gegenteil von dem zu tun, was er sagt? Ich denke, mein Entschluß steht fest.

Die erste Sitzung mit Clorinde verläuft glatt. Anfangs jedenfalls. Als ich ankomme, erwartet mich das kleine Mädchen zu Hause, ganz allein, und empfängt mich wie eine Erwachsene. Sie erklärt mir, daß ihre Mutter erst am späten Abend zurückkommen wird, daß aber alles vorbereitet ist, daß wir uns hier niederlassen werden, wenn es mir recht ist, uns hier hinsetzen und nachher eine Erfrischung zu uns nehmen werden. Sie hat mich in ihr kleines Zimmer geführt, und beim Blick aus dem Fenster wird mir wieder, wie schon auf der Straße, bewußt, wie schön das Wetter ist. Herrliches Winterwetter. Kalt, aber strahlend blau.

Eben dieses schöne Wetter spielt mir einen Streich. Kaum habe ich nämlich mit dem Vorlesen von *Alice* begonnen, als die listige kleine Clorinde eine auffällige Unruhe zeigt. So beende ich, zum Beispiel, gerade den folgenden Abschnitt:

Ein Stück weit führte der Bau wie ein Tunnel geradeaus, doch dann fiel der Gang plötzlich ab, so unvermittelt, daß an ein Innehalten nicht mehr zu denken war und Alice auch schon in einen abgrundtiefen Schacht hinunterfiel.

Dieser Schacht war nun entweder wirklich überaus tief, oder aber sie fiel ihn sehr langsam hinunter, denn sie konnte sich während des Sturzes in aller Ruhe umsehen und überlegen, was mit ihr jetzt wohl geschehen sollte. Als erstes spähte sie in die Tiefe hinab, um zu erkennen, was ihr dort bevorstand, aber es war so dunkel, daß man nichts sehen konnte; dann betrachtete sie die Seitenwände des Schachts und bemerkte, daß sie aus lauter Bücherregalen und Wandschränken bestanden; hie und da sah sie auch Landkarten und Bilder an Haken hängen. Aus einem der Regale nahm sie im Vorbeisausen ein Töpfchen mit; es trug ein Etikett mit der Aufschrift ›Orangenmarmelade‹, aber zu ihrer großen Enttäuschung war es leer.

Da steht Clorinde unvermindert auf, läuft in die Küche, ich höre, wie sie herumräumt, etwas verschiebt, wahrscheinlich einen Hocker, wie sie dann einen Schrank aufmacht und glückstrahlend mit einem Glas Orangenmarmelade zurückkommt. Ich bitte sie, es schnell wieder wegzustellen und sich die Geschichte weiter anzuhören. Sie gehorcht brav, kommt zurück, setzt sich wieder auf ihren kleinen Stuhl, sitzt mit verschränkten Armen da und hört scheinbar zu, aber als ich zu dem Absatz mit der Katze Dina komme, die Fledermäuse verspeist, springt sie wieder auf und holt, ich weiß nicht woher, vielleicht aus dem Keller, eine winzigkleine graue Katze, die in ihrem Körbchen schläft. Es ist eine Kätzin! sagt sie und hält mir den Korb unter die Nase; sie ist vor einer Woche geboren! Ich gucke mir das Kätzchen an, bestaune es, streichle es mit einer Fingerkuppe, ohne es zu wecken, und bitte Clorinde dann, es wieder dahin zurückzutragen, wo sie es hergeholt hat.

Die Lesung geht weiter. Da kommen wir zu der Stelle mit dem goldenen Schlüssel:

Plötzlich stand sie vor einem dreibeinigen Tischchen, ganz aus Glas, und darauf lag als einziges ein winziger goldener Schlüssel; Alice dachte sogleich, der müsse zu einer der Türen im Saal gehören, aber ach! entweder waren die Schlösser zu groß, oder das Schlüsselchen war zu klein; aufsperren ließ sich damit jedenfalls keine.

Es hat keinen Sinn, weiterzulesen. Clorinde steht zum dritten Mal auf und holt von der Eingangstür den Hausschlüssel. Sie bringt ihn mir, zeigt ihn mir... (Dieses verflixte schöne Wetter!) Sollen wir nicht rausgehen, sagt sie, es ist so schön draußen! Ich gehe nie raus... Mama kommt ja erst so spät nach Haus!

Sie ist so bezaubernd mit ihren rosigen Wangen und ihren Puppenaugen, daß ich nicht widerstehen kann. Ich sage ja. Es ist leichtsinnig. Unverantwortlich. Wieder einmal. Aber es stimmt, das Wetter ist herrlich, der Himmel unglaublich blau, und er scheint uns eindringlich zuzuwinken. Der Schlüssel in Clorindes Hand entscheidet wie ein magischer Gegenstand über alles. Abgemacht: wir gehen raus. Am Stadtrand soll gerade jetzt ein toller Jahrmarkt aufgebaut sein mit Karussellen, Spielbuden, Verkaufsständen. Clorinde ist ganz verrückt vor Freude. Und ich bin sowieso verrückt. Während ich meine pelzgefütterte Jacke anziehe und mir meinen Schal umknote, geht die Kleine ins Zimmer ihrer Mutter, und ich höre, wie sie die Schubladen aufzieht. Als ich etwas besorgt nach ihr rufe, sagt sie, daß sie sich auch einen Schal holt und dazu eine Mütze, die ihre Mutter ihr oft ausleiht. Sie braucht eine Weile; ich höre, wie sie hin und her läuft, in den Schubladen kramt, aber als sie schließlich zurückkommt, sieht sie entzückend aus in ihrem Mäntelchen und mit einer Wollmütze auf dem Kopf, die bis zu den Augen reicht, einem Schal, der mindestens dreimal um ihren Hals gewickelt ist, und Handschuhen, die sie gerade überstreift.

Wir kontrollieren, ob wir auch nichts in Unordnung hinterlassen, kein unnütz brennendes Licht im Haus, keinen offenen Wasserhahn, dann ziehen wir los.

Wir sagen nichts davon, flüstert Clorinde, es ist unser Geheimnis! Ich bitte sie, mir den Schlüssel zu geben, denn den dürfen wir auf keinen Fall verlieren.

Da stehen wir nun auf der kalten, sonnigen Straße. Wir nehmen einen Bus, um schneller am Ziel zu sein. Die kleinsten Begebenheiten, die Passanten, die Werbeplakate im Bus, der Fahrer, die weihnachtlich geschmückten Schaufenster mit ihrem Tannengrün, ihren Sternen und Girlanden sind für Clorinde das reinste Entzükken. Und dann auf einmal der festliche Trubel! Sie will überall hinein oder hinauf, auf ein leuchtend rotes Pferd, auf ein blitzendes Motorrad, in ein mit Antennen gespicktes Raumschiff, in eine kunterbunte Rakete. Ich habe Angst, daß sie unvorsichtig sein könnte, und steige schließlich selbst mit ein, und da sitzen wir, werden mitgerissen, herumgewirbelt.

Nachdem ich einige Runden bezahlt habe, sagt Clorinde, die sich wie eine richtige kleine Frau aufführt, daß sie nun auch einmal bezahlen möchte, und greift in ihre Manteltaschen: lauter Münzen aus ihrer Spardose, die sie geleert hat, bevor wir losgingen. Wir starten von neuem, diesmal auf einer Raupe, dann klettern wir ins Kettenkarussell und fliegen hoch durch die Luft. Das alles scheint Clorindes Magen nichts anzuhaben; und nun will sie auch noch zu den Buden mit Süßigkeiten: Sie stopft sich voll mit Karamelbonbons, Gummilutschern und Türkischem Honig, schlürft Coca-Cola und knabbert geröstete Mandeln.

Ich mache mir langsam Sorgen, beruhige mich aber, indem ich mir sage, daß dieses Kind normalerweise nie das bekommt, was andere Kinder haben, und daß sie deshalb so ausgelassen ist. Und daß ihre geschäftstüchtige Mama gut daran täte, etwas mehr Zeit und Verständnis für sie aufzubringen.

Ich ahne nicht, daß die vielbeschäftigte Dame, während ich noch an sie denke, schon auf dem Weg nach Hause ist, da durch einen unglaublichen Zufall drei Termine am Nachmittag ausgefallen sind. Sie kommt also heim, beschwingt und glücklich bei dem Gedanken, ihre Tochter mit der Vorleserin dort anzutreffen. Sie klingelt. Niemand macht auf. Sie öffnet mit ihrem eigenen Schlüssel, findet das Haus verwaist. Sie geht in Clorindes Zimmer; sie sieht den Stuhl und das Bänkchen davor, leer und verlassen, *Alice im Wunderland* aufgeschlagen auf dem Fußboden. Sie geht durch alle Räume, öffnet alle Türen. Nichts. Niemand. Kein Lebenszeichen. Keine Nachricht. Da packt sie die Angst, steigt ihr vom Bauch hinauf in die Kehle, in den Kopf, verwandelt sich im Nu in wilde Panik, was erstaunlich ist bei einer Frau, die von Berufs wegen daran gewöhnt ist, immer einen klaren Kopf zu bewahren. Aber es ist so, die Panik überwältigt sie, und sie hört nur einen Satz, der furchtbar, unablässig in ihren Ohren klingt, in ihren Schläfen hämmert: Man hat meine Tochter entführt! Ein Verdacht, der sich noch bestätigt, als sie feststellt, daß in der Schublade und im Schrank Clorindes Mantel, ein Schal, eine Mütze und Handschuhe fehlen. Kein Zweifel: diese gefährliche Frau hat die Kleine sorgfältig und warm eingepackt, um sie besser entführen zu können. Um sie fortzuzerren, zu rauben. Das hat man davon, wenn man auf alberne Anzeigen hereinfällt und sein Kind, in der allerbesten Absicht, einer Unbekannten anvertraut! Der ersten besten! Einer Spezialistin in Kidnapping. Vielleicht einem jener unglücklichen Geschöpfe, die es nicht ertragen, selbst keine Kinder zu haben, und in ihrer Verblendung so weit gehen, sie anderen zu stehlen. Oder einer routinierten Hochstaplerin, die jetzt ein haushohes Lösegeld fordert. Die Lady erschaudert, ist empört, verzweifelt über ihren unvorstellbaren Leichtsinn, fühlt, wie Tränen in ihr aufsteigen bei dem Gedanken, was ihre kleine Clorinde wohl durchmacht, überlegt, ob sie die Polizei benachrichtigen soll oder nicht, aber bevor sie den Hörer abnimmt, treibt ein letzter, geschäftsmäßiger Instinkt sie noch mal in ihr eigenes Schlafzimmer, um nachzusehen, ob auch nichts aus der Kommode, in der sie ein paar Schmuckstücke und Wertgegenstände aufbewahrt, verschwunden ist, und stellt tatsächlich fest, daß der Schmuck fehlt.

Hier muß man sich, um es recht zu verstehen, Clorinde vorstellen, die mit hochroten Wangen zwischen zwei Karuselltouren auf einmal ihren Mantel aufklappt, den Schal abwickelt und mir strahlend eine zweireihige Perlenkette an ihrem Hals zeigt, außerdem einen Smaragdanhänger und einen goldenen Brillantring. Dann holt sie aus ihren Taschen Hände voll funkelnder Dinge hervor und zeigt mir stolz, daß sie nicht nur einen Haufen Geldstücke mitgenommen hat, sondern auch Ringe, Broschen, Ohrringe, Kameen, teure Steine, alles mögliche Zeug, was ihre Mutter, wie sie sagt, ihr hin und wieder ausleiht und was sie heute mitnehmen wollte, weil wir zu einem Fest gingen und man sich dafür so schön wie möglich macht.

Die Vorleserin ist wie vom Blitz getroffen, wie gelähmt angesichts des Kindes mit all dem Schmuck, der überall funkelt und blitzt, am Hals, auf der kleinen Brust, an einem Ohrläppchen (an dem es gerade einen goldenen Ohrring befestigt hat), am Finger (auf den es gerade einen Korallenring steckt) und in seinen Händen!

Die Mutter entdeckt also, daß die Schublade leer ist, und alles ist im Nu sonnenklar. Nicht nur der Kindsraub, auch der gut organisierte Diebstahl. Nun denn, die soll mich kennenlernen! Sie greift zum Telefon, ruft zitternd vor Aufregung den Polizeikommissar an und erstattet ihm mit gebrochener Stimme Bericht. Er kommt überhaupt nicht zu Wort, dermaßen tobt sie vor Schmerz und Wut. Er rät ihr, Ruhe zu bewahren und sobald wie möglich zu ihm zu kommen. Er bittet sie, ihm das Kind und mich genau zu beschreiben.

Zum Glück ist nach diesen Ereignissen noch keine Stunde vergangen, und wir beide sind wieder da. Die Erklärung ist schwierig. Ich bekenne mich schuldig, führe aber zu meiner Entlastung das verlockende, berauschende Winterwetter an, die Freude, ein so lebhaftes kleines Mädchen zu entdecken, seine beinahe magische Verführungskunst und seine sprudelnde Freundlichkeit und Intelligenz. Ich trage so dick auf, wie ich nur kann, um die Mutter zu entwaffnen. Aber sie läßt sich nicht entwaffnen. Sie ist außer sich, schreit, wird hysterisch, beschimpft mich nach Strich und Faden. Ich weise darauf hin, daß der Schmuck wieder da ist, daß nichts fehlt, schlage vor, alles auf dem Tisch auszubreiten und Stück für Stück zu zählen. Aber der Vorschlag macht sie noch wütender, und sie brüllt nun erst recht. Es gelingt ihr jedoch, mir bei allem Geschrei und allen Verwünschungen zu verstehen zu geben, daß sie um ein Haar einen Herzinfarkt bekommen hätte, als sie die leere Wohnung und die aufgebrochenen Schubladen (wie sie sagt) entdeckte, denn nicht nur Männer sind davon bedroht, wie allzu oft angenommen wird, sondern auch aktive Frauen, die, wie sie, Verantwortung tragen, nicht solch dumme, faule Gänse wie ich natürlich, das soll ich mir gesagt sein lassen. Sie sinkt auf einen Stuhl, ringt nach Atem, wischt sich die Stirn. Wenn sie stürbe, wäre es meine Schuld. Sie ist völlig aufgelöst, ihre Dauerwellen hängen ihr in die Stirn, die feste Haltung einer Frau von Format ist in sich zusammengebrochen. Clorinde, die das Ausmaß ihres Vergehens begreift, weint auch, brüllt schließlich, rollt sich am Boden. Ich weiß nicht mehr, wie ich das Unheil aufhalten soll.

Die Tage vergehen. Das neue Jahr hat begonnen. Ich hoffe, daß die Weihnachtstage für Clorinde gut verlaufen sind und daß ihre Mama ihr vergeben hat. Es ist jedoch anzunehmen, daß ich die beiden nicht so bald wiedersehen werde. Es sei denn, daß man mich ruft.

Unterdessen ist es wichtig, daß ich meine wenigen festen ›Kunden‹ nicht verliere. Gerade heute gehe ich wieder zu meinem Generaldirektor. Er ist anhänglicher als jeder andere, wie man inzwischen weiß, und der Grund dafür ist nicht die Lektüre, wie man ebenfalls weiß. Ich habe einen Entschluß gefaßt und bin bereit. Und doch muß ich versuchen, ihn an literarische Texte heranzuführen. Wenn Claude Simon für ihn etwas zu schwer ist, dann kann ich ihn vielleicht mit Pérec verführen. Ich will es jedenfalls versuchen. Ich habe ein paar Seiten aus *W* vorbereitet. Ich habe sie mehrmals gelesen. Sie sind leicht verständlich und sollten ihm eigentlich gefallen. Ich habe sie sogar im ›Klangkabinett‹ aufgenommen, und während ich so meines Wegs gehe, habe ich einen kleinen Walkman am Ohr und höre meinen Vortrag noch einmal ab.

Die Straße bekommt dadurch ein ganz anderes Leben, der Autolärm ist ausgelöscht. Außerdem schützen die gepolsterten Hörer meine Ohren wohltuend vor der Kälte. Die Luft ist immer noch scharf und trocken.

Ich merke sofort, daß der liebe Michel nicht zum Zuhören aufgelegt ist. Aber es bleibt ihm nicht erspart. Ich preise die Verdienste von Pérec, dessen Namen er nie gehört hat. Wir nehmen Platz, und ich fange an (nachdem ich ihm versichert habe, daß er mit solch einem Text bei großen Essen bestimmt den besten Eindruck machen wird):

Ich habe keine Kindheitserinnerungen. Bis zu meinem zwölften Lebensjahr etwa läßt sich meine Geschichte in wenigen Zeilen zusammenfassen: mit vier Jahren habe ich meinen Vater, mit sechs meine Mutter verloren; ich habe den Krieg in verschiedenen Internaten in Villard-de-Lans verbracht. 1945 adoptierten mich die Schwester meines Vaters und ihr Mann.

Diese Geschichtslosigkeit hat mich lange beruhigt: ihre objektive Dürre, ihre offensichtliche Gewißheit, ihre Unschuld beschützten mich, wovor aber beschützten sie mich, wenn nicht gerade vor meiner Geschichte, meiner erlebten Geschichte, meiner wirklichen Geschichte, meiner eigenen Geschichte…

Er fällt mir ins Wort, und ich begreife sofort, daß ich schwerlich weiterlesen kann.

Meiner eigenen Geschichte… meiner eigenen Geschichte, sagt er und stottert beinahe… ich weiß nicht, wovon dieser Herr redet... aber *meine* Geschichte, das sagte ich schon, ich wiederhole es noch einmal, ist fürchterlich, zum Verzweifeln, schlimmer, als Sie es sich vorstellen können... diese Frau, der ich alles gegeben, alles geopfert habe und die mich hat sitzenlassen... in einer Weise, die ich gar nicht näher beschreiben will, beschreiben *kann*... und jetzt diese Leere..! und die abscheuliche Geschäftswelt, die ewigen Sitzungen, Geschäftsessen und Geschäftsreisen, die diese Leere noch spürbarer machen... ich kann nicht mehr... ich will nichts mehr hören... Kommen Sie!

Wohin? Ins Schlafzimmer. Schon ist er an meiner Seite und zieht mich ohne übertriebene Rücksicht am Arm. Kein Zweifel, heute soll es sein. Und zwar schnell und erfolgreich.

Da ich innerlich einverstanden bin, braucht er keine großen Kanonen aufzufahren. Da sind wir also in seinem Schlafzimmer und bald darauf im Bett. Ich habe mich schnell ausgezogen, vielleicht war das verkehrt, aber in dieser Jahreszeit rutsche ich gern so schnell wie möglich unter die Laken und Decken. Er ist sichtlich überrumpelt und wagt nicht, es genauso zu machen. Das Schweigen muß für ihn unerträglich sein; er hüstelt jedenfalls mehrmals, dann setzt er sich auf den Bettrand und ergreift meine Hand. Ich bin ja so gerührt, sagt er, so gerührt... ich hielt es nicht für möglich! Er hat mein Handgelenk umklammert, als wäre ich ein fieberndes Kind, und er fühlt mir den Puls, aber es ist eindeutig sein Puls, der zu schnell schlägt. Ich sage ganz einfach: Kommen Sie.

Er entschließt sich endlich aufzustehen und geht zögernd ins Badezimmer. Ich höre Wasser laufen, viel Wasser. Kleidungsstücke fallen. Dann wird ein Flakon benutzt und wieder auf das Waschbecken oder den Badewannenrand gestellt, eine Hand klopft vermutlich etwas Alkohol oder Lavendelwasser auf rauhe Wangen oder andere Körperteile. Er kommt mit einem großen weißen Handtuch um die Hüften zurück. Er geht zum Fenster, zieht den Vorhang vor. Er zögert immer noch, kann sich nicht entschließen, zu mir zu kommen, tut es dann aber doch. Kaum ist er im Bett, da steige ich heraus und gehe nun auch ins Badezimmer, mit seiner Genehmigung. Baß erstaunt und mit großen Augen sieht er mir nach, wie ich durchs Zimmer gehe. Ich lasse nun auch Wasser einlaufen. Ich komme auch mit einem weißen, um die Taille drapierten Handtuch zurück, das ich über der Hüfte fest verknotet habe. Ich mache einen Umweg durchs Wohnzimmer, um ein Buch mitzunehmen, genaugenommen zwei Bücher. Wieder im Bett, sage ich: Wir lesen noch ein paar Sätzchen Pérec, und vielleicht sogar Claude Simon.

Ich sitze in den Laken, den Rücken ans Kopfkissen gelehnt, und blättere in einem der beiden Bücher, auf der Nase meine Brille. Er liegt ausgestreckt neben mir. Mit kläglicher Stimme sagt er: Erbarmen, seien Sie nicht sadistisch! Ich lese ein paar Zeilen. Er unterbricht mich: Ach, Ihre Stimme! Alles kommt von Ihrer Stimme! Sie dringt mir bis ins Mark! Noch nie habe ich eine solche Stimme gehört wie Ihre, Marie-Constance! Mich überläuft's am ganzen Körper! Stellen Sie sich das vor!

Er nimmt meine Hand und legt sie mit Entschiedenheit auf seine Brust: ein schöner Oberkörper, gut gepolstert. Als ich sie wegziehe, schaut er unzufrieden drein, enttäuscht. Er steht plötzlich auf und erklärt, daß er Zigaretten holen will. Es scheint ihn nicht zu genieren, daß er nackt durchs Zimmer geht. Er ist nicht übel: gut gebaut, kräftig (breite Schultern).

Er kommt mit seiner Packung Marlboro zurück, legt sie auf den Nachttisch, dazu ein Feuerzeug und einen Aschenbecher. Da ich wieder das Buch ergriffen habe, setzt auch er sich aufrecht ins Bett, nimmt eine Zigarette und zündet sie an, wahrscheinlich, um seine schlechte Laune zu demonstrieren.

Da ist es soweit! Er drückt rasch die Zigarette im Aschenbecher aus, reißt mir Buch und Brille weg und wirft sich mir nichts dir nichts auf mich. Er umschlingt mich, erdrückt mich. Das Unvermeidliche geschieht: Er mag mich noch so eng an sich drücken, an sich pressen, mich abküssen, Mund, Ohren, Hals, beide Brüste, mit erschreckender Gier – das Ergebnis läßt zu wünschen übrig. Er merkt es, dreht sich plötzlich zur Seite und kehrt mit pathetischem Gesichtsausdruck in die Ausgangsposition zurück.

Ich wußte es, sagte er, ich hatte es befürchtet... dabei bist du so schön, so wunderbar, so außergewöhnlich... eben weil ich so sehr nach dir verlange... diese wahnsinnige Ungeduld, das verzweifelte, krankhafte Nichtabwartenkönnen… du mußt verstehen, daß es mir ergeht wie einem, der seit Monaten nichts gegessen hat und der sich plötzlich an einem üppig gedeckten Tisch, an einer königlichen Tafel sitzen sieht… er bekommt keinen Bissen hinunter… er stirbt vor Hunger, aber sein Magen sperrt sich, sein Schlund sperrt sich…

Statt die Unterhaltung fortzusetzen, zieht er es vor, sich wieder eine Zigarette anzuzünden. Ich ermahne ihn, kein Loch in die Laken zu brennen, und begehe die fatale Ungeschicklichkeit, ihm zu sagen, daß ihm seine Frau besser beigebracht hätte, im Bett nicht zu rauchen. Er schnellt wie von einer Feder getrieben empor und steht auf, um das Foto einer übrigens ganz hübschen Frau zur Wand zu drehen, das dem Bett gegenüber auf einem Regal steht. Ich hab's vergessen! sagt er wutgeladen, sie hat hier nichts mehr zu suchen… vor allem nicht heute! Dann kehrt er ganz unglücklich zum Bett zurück und wehklagt: Und ich, habe ich denn noch etwas zu suchen hier? Hier oder überhaupt im Leben?

Ich sage: ja, aber sicher, ich versuche ihn zu trösten und überrede ihn, wieder neben mir Platz zu nehmen. Er tut es, aber sichtlich niedergeschlagen. Ich weiß nicht, warum ich das Gefühl habe, daß diese Niedergeschlagenheit sich in jedem Moment in einen Gewaltakt verwandeln könnte. Ich beruhige ihn daher und versichere ihm, daß das, was ihm passiert ist, völlig normal ist und nichts Besonderes auf sich hat. Er soll sich beruhigen, entspannen, Körper und

Geist lockern, und gerade dabei wäre ein wenig Lektüre äußerst hilfreich.

Ich sitze immer noch nackt im Bett, immer noch mit Brille und Pérec. Er hört zu.

Wieder einmal wurden die Fallen des Schreibens aufgestellt. Wieder einmal war ich wie ein Kind, das Versteck spielt und nicht weiß, was es am meisten fürchtet oder wünscht: versteckt bleiben, entdeckt werden…

Schüchtern legt er seine Hand auf eine meiner Brüste, ohne Schwung und Leidenschaft, ohne Eroberungsdrang. Ich ahne, daß er Mut und Zeit braucht. Ich lege das Buch aus der Hand, atme tief durch und lasse meinen Blick durch die falschen Brillengläser kreisen. Ein schönes Zimmer mit zartrosa getönten Wänden und schwarzen, sehr effektvollen Wandleuchten. Einfaches Mobiliar in geometrischen Formen. Ein rhombenartig geschnittener Spiegel, in dem ich mich selbst sehe und auch seine Hand auf mir. An der Wand ein Bild, das mich an Mondrian erinnert. Ein Traumtelefon mit Tasten in leuchtendem Lila, direkt am Bett. Eine schlanke Kristallvase von erlesener Eleganz neben dem umgedrehten Foto.

Ich hatte mir nicht die Zeit genommen, das alles genau anzusehen. Jetzt entdecke ich eins nach dem anderen. Das Zimmer ist groß, angenehm, aufgeräumt. Die Putzfrau ist offenbar tüchtig. Es liegt sich gut in diesem Bett. Aber etwas muß geschehen. Das denkt er wohl auch, denn der Druck seiner Hand nimmt spürbar zu. Gleichzeitig sagt er leise, gedämpft, etwas erstickt beinahe, daß ich einen schönen, sehr schönen Busen habe.

Ich schlage vor, die Decken und Laken beiseitezuschieben, denn für Liebesspiele liegt man besser offen da, jedenfalls nicht allzu versteckt. Das würde ein besseres Vorspiel ermöglichen.

Obwohl er den Vorschlag sichtlich etwas überraschend findet, vielleicht weil er eine Falle dahinter vermutet, ist er damit einverstanden, will aber die Heizung höher stellen, damit ich nicht friere. Schon springt er wieder aus dem Bett und dreht am Heizkörper. Er fragt sogar, ob er ein elektrisches Öfchen dazustellen soll. Er soll es nicht, der Raum ist so schon warm genug. Wenn er wirklich Wärme sucht, dann kann ich ihm meinen Körper anbieten.

Das hat er verstanden: Kaum ist er wieder im Bett, wirft er sich auf mich. Aber diesmal umgekehrt. Vielleicht um Enttäuschungen wie vorhin zu vermeiden. Das heißt, er preßt seinen Kopf auf meinen Bauch, küßt ihn, leckt ihn mit unerhörter Heftigkeit rund um den Nabel herum (daß dieser nicht genau in der Mitte liegt, scheint er gar nicht zu bemerken, zumindest hemmt es seinen Schwung nicht), taucht dann taumelnd tiefer, hinab zu meinem Geschlecht, und vergräbt sein Gesicht zwischen meinen Beinen, die ich, so weit es geht, auseinanderbreite.

Langsam überkommt mich ein Rausch, greift auf meine Hüften über, steigt wie eine Welle höher und höher bis zum Gehirn. Er schnäbelt wild an mir herum, verschmaust mich wie von Sinnen.

Als ich mich vorhin vorstellte, habe ich ganz vergessen, auch mein Schamhaar zu erwähnen, das ganz dicht gelockt und buschig ist. Zu allem Unglück muß sich eins dieser Haare auf seiner Zunge quergelegt haben oder in den falschen Hals geraten sein, denn auf einmal, im leidenschaftlichsten Moment, kriegt er einen Hustenanfall. Er hebt den Kopf, hustet immer heftiger, erstickt beinahe, ringt nach Atem und wird so rot, daß mir angst und bange wird.

Es gilt, meine Sinne zu sammeln und eine schicklichere Haltung einzunehmen. Ich frage ihn, ob ich etwas für ihn tun kann, schlage vor, ihn ins Badezimmer zu begleiten. Da stehen wir vor dem Waschbecken, über dem ich das Licht angeknipst habe, und während er noch immer hustet, schaue ich ihm in Mund und Hals und suche den Fremdkörper, der ihn so irritiert. Ich bräuchte eine Taschenlampe und wohl auch eine Pinzette oder etwas Ähnliches, um das Ding herauszuziehen. Ich versuche es, so gut es geht, mit den Fingern, tauche tief hinein, taste alles ab und rühre offenbar an den entscheidenden Punkt, denn plötzlich ist er wie erlöst, kommt wieder zu Atem. Ich rate ihm, etwas Wasser zu trinken, sofort. Er füllt sein Zahnputzglas unterm Wasserhahn und trinkt.

Er weiß offensichtlich nicht mehr genau, woran er ist. Seine Augen sind rot, sein Haar ganz wirr. Immerhin scheint ihn das Trauma dieses Vorfalls aus seinen Phantasmen, seinen Obsessionen herausgerissen zu haben, und der Mann, den ich jetzt an der Hand zurück ins Bett führe, ist ganz entspannt und folgsam. Er läßt alles mit sich geschehen. Sanft nehme ich von seinem Körper Besitz, streichle ihn von Kopf bis Fuß, während er mit geschlossenen Augen daliegt und leise, genußvolle Worte von seinen Lippen kommen; und nach kurzer Zeit habe ich nicht mehr die geringste Mühe, mich auf ihn zu setzen und liebevoll auf ihm zu reiten.

Ich richte meinen Oberkörper auf, um ihn zu sehen, und fühle mich prächtig, wie eine Königin, eine Meisterin. Er atmet immer tiefer, keucht, aus dem Gemurmel wird ein dumpfes Brummen. Ich sage ihm, daß man in der Liebe nichts überstürzen darf, daß man es möglichst lange hinziehen muß, und schlage ihm daher vor, die unterbrochene Lektüre fortzusetzen, denn das Buch liegt ja da, irgendwo unter den Decken. Ich suche es, finde es, öffne es, lese (obgleich ich tatsächlich viel Mühe habe, mich und meine Stimme zu beherrschen):

W gleicht meiner olympischen Wahnvorstellung so wenig, wie diese olympische Wahnvorstellung meiner Kindheit glich. Doch ich weiß, daß in dem Netz, das sie bilden, wie in dem Lesestück, das ich daraus mache, der Weg verzeichnet und beschrieben ist, den ich zurückgelegt habe, die Entwicklung meiner Geschichte und die Geschichte meiner Entwicklung.

Die Initiative ist wohl nicht sehr glücklich. Ich spüre in mir in unzweideutiger Weise, daß sie sich negativ auswirkt. Er hat übrigens die Kraft gefunden, die Augen aufzumachen und mit flehendem Blick zu sagen: Ach nein! alles, nur keine *Lektüre,* nicht jetzt! Er hat bestimmt recht.

Das Buch verschwindet. Alles übrige kehrt zurück. Ich weiß nicht, was sich in ihm und in mir auf einmal wie wild geworden auftut. Ich bitte ihn, die Augen offenzuhalten, so lange wie möglich. Er sagt, daß es sehr schwer ist, fast als wollte man direkt in die Sonne sehen. Ich bleibe jedoch dabei, ich will, daß er mein Gesicht sieht, so wie ich das seine. Er schaut mich an. Ich weiß nicht, ob mit Zärtlichkeit oder Schmerz. Ich beginne eine ruhige Unterhaltung mit ihm, bei der ich ihm klarzumachen versuche, daß die Vorzüge der Lektüre denen der Liebe gar nicht so unähnlich sind, wie er offenbar glaubt. Er antwortet, das könne schon sein, aber daß er mich in diesem Moment einfach liebt, nichts anderes. Er weiß es, er ist ganz sicher. Ich bemühe mich, meine Gesichtszüge unter Kontrolle zu halten, sie sollen mir nicht entgleiten, und auch meine Stimme soll nicht untergehen; ich will mir das Sehen und das Sprechen bewahren. Er sagt nichts mehr, er hat seine Hände auf meine Hüften gelegt und drückt mit der ganzen Kraft seiner Verzweiflung, die Liebe sein soll. Ich lege meine Hände auf seine Schultern, und während mein Gesicht über seinem schwebt, sage ich ruhig, daß er sich in bezug auf mich keine Illusionen machen soll, daß ich gekommen bin, um ihm Bücher vorzulesen, wie er es wünschte, und daß ich wahrscheinlich nur zu diesem Zweck wiederkommen werde. Er sagt mit kaum wahrnehmbarer Stimme: Gut, gut, einverstanden. Ich fühle den riesengroßen Baum des

Nichts, des Glücks und des Deliriums in mir wachsen. Mein ganzer Körper beginnt sich hin und her zu wiegen: die Hüften, an die er sich jetzt wie an einen Rettungsring klammert, der Po, das Kreuz, die Oberschenkel und alles, was in mir ist. Es ist wie auf dem Schiff, eine Reise. Er öffnet wieder die Lippen, bittet, daß diese Reise nie aufhören möge. Ich kann ihm gerade noch sagen, daß sie aufhören wird wie alle Reisen, bevor ich den Kopf nach hinten werfe, ins tiefe Wasser.

Ich bin perplex. Man hat mich aufs Polizeikommissariat bestellt. Ich frage mich, was das zu bedeuten hat. Sollte es darum gehen, meinen ›Beruf‹ vorschriftsmäßig zu registrieren? Oder sollte mein Zusammensein mit Michel Dautrand bereits Wellen schlagen? In kleinen Städten muß man vorsichtig sein: Öffentliches und Privates prallen da oft aufeinander.

Nein, es geht um die Sache mit Clorinde. Hätte ich mir eigentlich denken können. Andererseits konnte ich nach einem Monat mit Fug und Recht annehmen, daß alles beigelegt ist, da ja nichts passiert war. Das erkläre ich dem Mann, der sich mir als Kommissar Beloy vorstellt und dem man seine rund fünfzig Jahre nicht ansieht: weicher Lederblouson, sportlich, eine Haudegennatur, wie mir scheint. Ich sage ihm, daß die ganze Geschichte reine Erfindung ist und sowohl der überhitzten Phantasie einer exaltierten Frau zugeschrieben werden muß, die vermutlich zu Recht in Sorge war, als auch den Einfällen eines pfiffigen kleinen Mädchens. Weiß er denn überhaupt, daß alles noch am selben Tag wieder in Ordnung kam und der gesamte Schmuck zurückgegeben wurde?

Das wisse er sehr gut, sagt er beruhigend und erklärte, daß nie auch nur die kleinste Anzeige erstattet worden sei und daß er genug Erfahrung habe, um dem Vorfall nicht mehr Bedeutung beizumessen, als er verdient. Allerdings, sagt er mit leichtem Kopfschütteln, war da der Anruf dieser Dame, die, zumindest in der Hitze des Gefechts, sehr alarmiert schien; zwar hat sie sich später noch einmal gemeldet, um zu sagen, daß man nichts weiter unternehmen solle, aber Sie kennen ja die Routine, vor allem bei der Polizei, die mit völlig unzureichenden Mitteln arbeitet und mit völlig veralteten, um nicht zu sagen primitiven Methoden... jedenfalls haben wir rasch eine Untersuchung eingeleitet, na ja, so rasch eigentlich auch wieder nicht, da sie erst jetzt zum Abschluß kommt, und so haben wir erfahren, daß Sie eine Anzeige in die Zeitung gesetzt haben; wir haben Ihnen da nicht das geringste vorzuwerfen, das möchte ich betonen, aber Anzeigen dieser Art erwecken stets Neugier, oder, genauer gesagt, es ist die Aufgabe der Polizei, neugierig zu sein, vor allem wenn es zu Vorfällen wie diesen kommt, die zwar völlig harmlos sind, wie ich zugeben muß, und nichts auf sich haben... Aber darum habe ich Sie gebeten vorbeizukommen, damit Sie mir dies und das erklären...

Endlich ist er fertig. Ich fürchtete schon, daß er nie aus seinen verschlungenen Sätzen herausfinden würde. Er schaut mich an wie ein großer Kater, der einem im nächsten Moment ins Gesicht springt, so wie die Polypen es an sich haben, wenn sie verständnisvoll tun und gleichzeitig zeigen wollen, daß sie sich nicht hinters Licht führen lassen. Gutgeschnittenes Gesicht. Buschige, leicht ergraute Brauen, aber etwas Samtenes im Blick.

Ich sage: Herr Kommissar, was soll das alles? Gibt es denn keine Freiheit mehr? Gibt es Vorschriften für meinen Beruf?

Er scheint meine Reaktion nicht besonders zu schätzen: Madame, sagt er, ich möchte Sie zunächst darauf hinweisen, daß es sich nicht um einen Beruf handelt und daß er aus diesem Grund keinem Reglement unterliegt; zweitens kann ich Ihnen versichern, daß die Freiheit in Frankreich noch nie so groß war. Vergleichen Sie es mit anderen Ländern, die vielleicht Ihre besondere Sympathie haben, ich weiß es nicht. Ich sage das einfach so dahin, das will nichts heißen, es ist nur eine Vermutung von mir, aber Sie wissen doch selbst, wie gewaltig die Unsicherheit in unserer Gesellschaft zugenommen hat und wie alarmiert unsere Mitbürger sind, zu Recht...

Da ich ihn nur anschaue, ohne ein Wort zu sagen, fügt er hinzu: Ich sage alarmiert, weil die Dame, wie ich vorhin erwähnte, außerordentlich alarmiert war, was Sie ihrer Phantasie oder dem Übermut ihres Töchterchens zuschreiben, na schön, meinetwegen, aber es war auch ein wenig Leichtsinn von Ihrer Seite, nicht wahr, das müssen Sie doch zugeben? Das ist es eben, ich rate Ihnen in Zukunft zu mehr Vorsicht, das ist alles...

wenn Sie Ihren *Beruf* ausüben... Mehr wollte ich gar nicht sagen...

Schweigen. Der Raum ist kahl, die Wände sind dreckig. Hinter mir klappert eine Schreibmaschine. Ich drehe mich um und sehe, daß es nicht etwa eine Stenotypistin ist, die da tippt, sondern ein drohend dreinschauender Polizist. Er klimpert mit einem Finger, während er an einer Kippe zieht und gespannt darauf wartet, was mit mir geschieht.

Es geschieht jedoch gar nichts. Was könnte ich dem Kommissar Beloy denn antworten? Er will das letzte Wort haben? Soll er. Sein Telefon klingelt gerade im richtigen Moment, um ihm einen leichten Abgang zu ermöglichen. Er nimmt ab, hört zu, was da jemand zu ihm sagt, zieht die Brauen zusammen (sehr buschig!) und antwortet mit gelangweilter Gleichgültigkeit. Es geht offenbar um ein geklautes Auto, eine alltägliche Geschichte, nichts Besonderes, vielleicht will sich der Kommissar auch nur vor mir in Szene setzen und gibt sich cool. In einem bestimmten Moment hält er den Hörer vom Ohr weg ins Leere und schwenkt ihn hin und her, während eine unglückliche Stimme sich darauf versteift, irgendwelche Erläuterungen ins Telefon zu posaunen. Dabei sieht er mich unverwandt an, lange, übertrieben lange. Das kann noch eine Ewigkeit dauern. Aber er legt seine Hand auf den Apparat, steht auf, verbeugt sich galant zu mir hin, dankt mir und gestattet mir zu gehen. Er fügt sogar hinzu, daß er sich sehr freut, mich kennengelernt zu haben.

Es stimmt trotzdem: Ich habe einen Beruf, und die Sache kommt jetzt richtig in Gang. Nicht gerade mit jeder Menge Kunden, aber wenn ich es nicht mit denen verderbe, die ich habe (wenn ich *sie* nicht verderbe!), dann läuft das Ganze. Also ist es ratsam, mit jedem einzelnen pfleglich umzugehen.

An diesem Nachmittag begebe ich mich zur Generalin, die ich schon ein paar Wochen nicht mehr besucht habe, weil sie grippekrank war, die aber jetzt ungeduldig darauf wartet, mich wiederzusehen. Das sagte mir jedenfalls das Dienstmädchen am Telefon. Oder richtiger: die Zofe. Die sonderbare Person eben.

Als ich ankomme, bestätigt sie mir aufs neue, daß die Generalin mich dringend erwarte, und fügt hinzu, sie selbst auch, weil ich irgendwie Licht und Wärme ins Haus bringe. Das liegt wohl an meiner Erscheinung, insbesondere an meiner Stimme. Sie würde liebend gern selber bei den Lesestunden dabeisein. Sie wäre entzückt, hochbeglückt.

Sie macht mir diese Komplimente ganz ungeniert, viel direkter als bisher. Sie wirkt merkwürdig eingeschnürt unter ihrer strengen weißen Bluse und dem geraden Faltenrock, der in der Taille mit einem koppelartigen Ledergürtel zusammengehalten wird. Ihr Haar ist noch straffer frisiert als gewöhnlich. Aus ihren Augen schießen kleine Blitze. Auf einmal guckt sie auf ihre Uhr und sagt, daß die Frau Gräfin erst recht ungeduldig sei, da ich zu spät komme. Ich erkläre, daß auf den Straßen viel los ist, daß es Staus gegeben hat und ich mein Auto weitab parken mußte und zu Fuß gekommen bin.

In eben diesem Moment öffnet die Generalin die Tür, eine hagere, großartige, imponierende Erscheinung. Sie schwenkt ein Tagesblatt und sagt vorwurfsvoll, daß ich offenbar keine Zeitungen lese, wohl nur Anzeigen hineinsetze, denn sonst hätten Sie gewußt, Nouchka, sagt sie, daß heute in unserer Stadt ein großer Aufmarsch stattfindet, alle Verkehrsangestellten sind auf der Straße, von ihrer Gewerkschaft mobilisiert, und die Arbeiter der Thomas-Fabrik, die sich, wie Sie wissen, dreihundert Meter von hier befindet und die bekanntlich Autobusse baut, werden sich am Nachmittag dem Demonstrationszug anschließen... ich kann nur hoffen, daß sie unter meinen Fenstern vorbeiziehen. Unterdessen werden wir unsere Lektüre dort fortsetzen, wo wir stehengeblieben sind... ich habe den Faden nicht verloren trotz der Grippe, die mich umgeworfen hat (das ungarische R rollt wie Donner!).

Ich antworte ihr, daß bestimmt keine noch so schwere Grippe einer so robusten Konstitution wie der ihren etwas anhaben könne, und ich betone, wie sehr ich ihre Vitalität, ihren nie versagenden wachen Sinn für politische und gewerkschaftliche Vorgänge bewundere.

Die andere ist wieder einmal vom Erdboden verschwunden, dabei hatte ich doch geglaubt, daß sie darauf brennt, beim Vorlesen dabeizusein.

Aber vermutlich hätte sie nur ein sehr beschränktes Vergnügen dabei empfunden, denn wir kommen wieder auf den Text von Marx zurück, den wir beim letzten Mal in Angriff genommen haben und der, zumindest in meinen Augen, nicht unterhaltsamer geworden ist, wenn auch Robinsonaden darin vorkommen. Es handelt sich nämlich um einen Abschnitt aus der *Kritik der politischen Ökonomie,* in der von Robinson Crusoe und der bürgerlichen Gesellschaft die Rede ist. Ich lese, während die Gräfin, an ihren Kissenberg gelehnt, ihren Tee trinkt:

Der einzelne und vereinzelte Jäger und Fischer, womit Smith und Ricardo beginnen, gehört zu den phantasielosen Einbildungen der 18.-Jahrhundert-Robinsonaden, die keineswegs, wie Kulturhistoriker sich einbilden, bloß einen Rückschlag gegen Überfeinerung und Rückkehr zu einem mißverstandenen Naturleben ausdrücken. So wenig wie Rousseaus ›contrat social‹, der die von Natur independenten Subjekte durch Vertrag in Verhältnis und Verbindung bringt, auf solchem Naturalismus beruht. Dies sei Schein und nur der ästhetische Schein der kleinen und großen Robinsonaden. Es ist viel-

mehr die Vorwegnahme der ›bürgerlichen Gesellschaft‹, die seit dem 16. Jahrhundert sich vorbereitete und im 18. Riesenschritte zu ihrer Reife machte. In dieser Gesellschaft der freien Konkurrenz erscheint der Einzelne losgelöst von den Naturbanden usw., die...

Ich hebe den Kopf, verwundert über tumultartige Geräusche, die von der Straße aufsteigen und den Raum erfüllen. Die Gräfin hat sich nicht geirrt. Sie springt buchstäblich aus dem Bett, überglücklich bei dem Gedanken, daß die Demonstranten sich gerade unter ihren Fenstern versammeln. Robinsonaden, sagt sie mit einer gewissen Schadenfreude, viel zu viele Robinsonaden! Sie haben sicher, obwohl Sie keine Zeitungen lesen, von den Ökologen gehört und denen, die man die Grünen nennt... in Ungarn sind es die Blauen... das sind moderne Robinsonaden... man muß ihnen die gesunden Realitäten des Volkes und der Straße entgegenhalten! Bevor ich noch den Mund auftun kann, steht sie schon im Nachthemd am Fenster, zieht die Vorhänge beiseite und stößt mit solcher Entschiedenheit die Fensterläden auf, daß ich befürchte, sie könnte etwas ganz Verrücktes tun, jedenfalls wird sie sich in dieser Jahreszeit so verkühlen, daß es in ihrem Alter lebensgefährlich sein kann. Was tun, um sie zurückzuhalten? Sie wirkt entschlossener denn je. Ich spiele einen Moment mit dem Gedanken, das Dienstmädchen zu rufen, aber ich fürchte, daß es mehr Komplikationen als Hilfe mit sich brächte. Ich versuche, die alte Dame vom Fenster wegzuführen. Ihre Reaktion ist entwaffnend: Lassen Sie mich nur machen, ich habe alles geplant!

Sie hat tatsächlich unter ihrem Bett mehrere rote Fahnen aus ihrer Kollektion bereitgelegt. Sie schiebt die blaugraue Katze beiseite, die auf einer von ihnen schläft, zieht die Fahnen hervor und schwenkt sie jetzt voller Energie aus dem Fenster. Sie beugt sich so weit hinaus, daß ich sie ängstlich am Nachthemd festhalte.

Der Demonstrationszug zieht unten auf der Straße vorbei. Man sieht alle möglichen Spruchbänder; Männer und Frauen marschieren Arm in Arm und rufen Parolen; manche der Demonstranten sind im Arbeitszeug, in Schaffneruniform. Ich befürchte, daß man die ostentative Mitwirkung der Generalin für eine Provokation hält, und tatsächlich kommt der Zug einen Moment unter ihren Fenstern zum Stehen; die Demonstranten versammeln sich auf dem Gehsteig, scheinen zu meinem Schrecken nicht recht weiterzuwissen, blicken fragend umher und schauen an der Hauswand empor. Von allen Seiten strömen die Menschen herbei, die Menge wird immer dichter. Die Gräfin sieht höchst zufrieden aus, ihre alten Arme schwenken die geschichtsträchtigen Fahnen von rechts nach links, so daß ihr Staub buchstäblich in alle vier Winde verstreut wird. Ich weiß mir keinen Rat. Es ist, als ginge ein Grollen durch die Menge. Aber wider Erwarten ertönt auf einmal ein lautes Vivat und überall Beifallklatschen. Vermutlich hat man noch nie so viele Menschen unter diesen Fenstern versammelt gesehen. Und noch nie solchen Lärm gehört. Die Generalin wendet sich mit strahlendem Gesicht zu mir und bittet mich, unter ihrem Bett eine Musikkassette hervorzuholen, auf der sie die *Internationale* aufgenommen hat.

Die Monate gehen dahin, mein kleines Unternehmen gewinnt allmählich an Ruf und Ansehen. Die Mundpropaganda hat offenbar funktioniert. Man verlangt ziemlich oft nach mir, und ich kann gar nicht auf alle Anfragen eingehen. Das ist sehr gut so: ich kann aussuchen. Im Moment liegt mir zwar vor allem daran, meine Getreuen zu behalten, aber ich fühle mich doch geschmeichelt, daß bei den Anfragen eine qualitative Veränderung zu beobachten ist: es melden sich Vereine, Altersheime, Kulturzentren und sogar Krankenhäuser. Ich bin kein Niemand mehr.

Gerade das gibt vielleicht dem Kommissar Beloy zu denken. Er bestellt mich ein zweites Mal zu sich. Wieder die gleichen Allüren. Wieder das Spiel mit den Augenbrauen. Wieder verfänglich bei aller Lockerheit. Diesmal wird er mir wohl einen Gewerbeschein abverlangen. Oder wird er sich in mein Privatleben einmischen? Aber nein, es geht um den Protestmarsch unter den Fenstern der Generalin. Er hat bald davon erfahren. Er hat gute Informanten. Erstklassige Spitzel.

Er gibt sich bestürzt. Ist Ihnen eigentlich klar, sagt er zu mir, diese verrückte alte Schrulle, die das ganze Viertel aufhetzt, rote Fahnen an ihrem Fenster schwenkt und die *Internationale* abspielt... Sie standen neben ihr, streiten Sie es nicht ab, man hat Sie gesehen... man hat Sie sogar fotografiert!

Ich entgegne, primo, daß die Generalin keine alte Schrulle ist, secundo, daß sie tun und lassen kann, was sie will, und daß es nicht das geringste mit meiner Arbeit zu tun hat.

Er schüttelt den Kopf und zeigt, daß er wenig überzeugt ist. Das ist noch die Frage, sagt er und will offenbar damit andeuten, daß er mehr weiß, als er sagt.

Ich lege ihm nahe, sich etwas klarer auszudrücken.

Er steht von seinem Schreibtisch auf, kommt zu mir, nimmt einen alten Stuhl mit strohgeflochtenem Sitz und läßt sich so darauf nieder, daß seine Knie die meinen berühren, ein inszeniertes Tête-à-tête, das vertrauensvoll und sehr persönlich sein soll.

Ist Ihnen klar... Die Generalin Dumesnil ist keine x-beliebige Frau... ihr Mann war eine Persönlichkeit von hohem Rang, ein hervorragender Offizier... Er hatte sich in unsere Stadt zurückgezogen, hat hier viele gute Werke unterstützt und einen bleibenden Eindruck hinterlassen... das exzentrische Benehmen seiner Witwe soll das Bild nicht beeinträchtigen – sie ist, wie Sie wissen, eine geborene Gräfin Pázmany, die laut Aussagen ihrer eigenen Familie völlig den

Verstand verloren hat und womöglich unter höchst verdächtigen internationalen Einflüssen steht, vielleicht sogar manipuliert wird... Daß sie ein Recht auf ein ruhiges Alter hat, ist selbstverständlich! Daß man sie nicht in eine Anstalt für Fälle dieser Art einliefert, versteht sich von selbst! Daß Sie zu ihr gehen und ihr vorlesen, meinetwegen! Aber daß sie öffentlich Ärgernis erregt, nein!

Hier wechselt der Herr Kommissar den Ton. Er wird merklich heftiger und aggressiver.

Ich sage zu ihm: Ach so, die Gräfin hat öffentlich Ärgernis erregt? Merkwürdig! Sie selbst war doch gar nicht bei dem Aufmarsch dabei!

Er rückt mit seinem Stuhl und seinen Knien noch näher. Madame, das Quartier Rives-Vertes ist ein sehr gepflegtes, ruhiges Viertel, ›bourgeois‹, wenn das Wort zu Ihrem Vokabular gehört. Die Generalin Dumesnil lebt schon lange dort, und es gereicht dem Quartier zur Ehre... nur weil ein paar Stadtplaner den Irrtum begingen, den Bau einer Fabrik im angrenzenden Gebiet zu billigen, brauchen jetzt Gewerkschaftler sich nicht als Herren aufzuspielen und das Gelände besetzen, als wären sie dort zu Hause, und ihren Mummenschanz treiben... denn das war es wirklich, und die spleenige Alte hat das noch verschlimmert mit ihrem typischen Trala-la, das zunächst mal ihre Verwandtschaft, aber dann auch das ganze Quartier in Angst und Schrecken versetzt... verzeihen Sie, aber so was nennt man *die öffentliche Ordnung stören,* und Sie waren daran beteiligt... ich habe nichts mit der hohen Politik zu tun, meine Gnädigste, ich tue nur meine Arbeit als Polizeikommissar!

Ich erwidere freundlich, daß ich nicht ›seine Gnädigste‹ bin, und nicht ganz so freundlich, daß ich nicht weiß, was er meint, wenn er mich beschuldigt, *die öffentliche Ordnung zu stören.* Er steht auf, sieht mich von oben herab an: Ich mag keine Leute, die allzu klug daherschwätzen, und Sie gehen darin zu weit... Sie verstehen sehr gut, was ich sagen will und wovon ich rede... das Lesen, das Lesen!... das ist schön und gut, aber es ist kein Alibi für alles und jedes... alles hat seine zwei Seiten, wir haben jedenfalls gesehen, wohin das führen kann, bei dieser Geschichte... die lächerlich ist, das gebe ich zu... noch unglaublicher als die mit dem kleinen Gör und seinem Schmuck... ich will das nicht weiter ausspinnen... ich will das alles nicht überbewerten... aber immerhin sind das zwei Vorfälle in ganz kurzer Zeit... ich bitte Sie also noch einmal, seien Sie vorsichtig, behalten Sie Ihren klaren Kopf... mehr nicht... Sie sind groß genug, um das zu verstehen!

Ich erhebe mich von meinem Stuhl, stelle mich aufrecht vor ihn hin, überrage ihn so und zeige ihm damit, daß ich tatsächlich groß genug bin. Er begleitet mich zur Tür seines ziemlich verdreckten Kommissariats und versichert mir zum Abschied, daß ich ihm, was er auch immer gesagt haben mag, *sehr* sympathisch sei.

Ich habe Roland Sora eine Zeitlang nicht gesehen. Er hatte einen Lehrauftrag in Brasilien. Er hat dort Vorträge gehalten, was er überall gut und gerne macht, Seminare geleitet und Gespräche am runden Tisch organisiert. Bei seiner Rückkehr kann er sich gar nicht genug über dieses Land auslassen. Die Sambas, die *candomblés,* das Völkergemisch von Afrikanern, Amerikanern und der lateinischen Welt, der Unisex-Stil... er hört gar nicht mehr auf. Die phantastische ›Natürlichkeit‹ der Brasilianerinnen, dort noch ausgeprägter als bei den Italienerinnen, von denen Stendhal so schwärmte. Und das wache Interesse für alles Neue, was sich im alten Europa auf kulturellem Gebiet tut. Das alte Europa, so sagt man mit Recht! Seitdem er zurück ist, kommt ihm alles so eng vor, ohne Saft und Kraft. Ohne Jugend. Drüben findet man trotz der wirtschaftlichen Engpässe und der Schwierigkeiten mit der Demokratie so etwas wie eine unverbildete Jugend, voller Zukunftsbegeisterung. Trotz großer Elendsviertel viel Hoffnung und Freude. Übrigens war drüben Sommer, eine wahre

Pracht. Hier ist gerade erst der Winter zu Ende.

So ist es zu erklären, daß Monsieur Sora sich den Bericht über meine letzten unerwarteten Erlebnisse anhört, als lebte er auf dem Sirius und vernehme die neuesten Nachrichten von unserem Planeten. Ich fühle mich wahrhaftig nicht wohl, als ich ihm in diesem Büro gegenübersitze, in dem er mich freundlicherweise für ein paar Augenblicke empfängt, trotz des Ansturms der Studenten, die sich seit der Rückkehr vor der Tür drängen. Zuerst einmal halte ich den Mund. Zum Glück hat er die Güte, mich zu fragen, wie weit ich bin.

Wie weit? Das ist wahrhaftig die große Frage. Ich sage ihm, daß ich mit Dautrand den entscheidenden Schritt getan habe. Er unterschreibt einige Papiere und tut so, als hörte er gar nicht zu, macht dann eine vage Bewegung mit dem Kopf, als wollte er sagen, daß er sich nun, da die Dinge einmal ihren Lauf genommen haben, nur dem Schicksal beugen kann – oder daß ihn diese Nachricht, da er mit Herz, Geist und Körper noch in Brasilien ist, nicht mehr berührt als ein totes Blatt, das sanft zur Erde segelt.

Entgleitet er mir? Sollte er gar von meinen kleinen Geschichten und Vertraulichkeiten genug haben? Das empfinde ich plötzlich, da vor seinem Schreibtisch. Am liebsten würde ich aufstehen und weggehen. Oder losheulen, was das schlimmste wäre.

Aber ich rede weiter. Ich erzähle ihm von meinem Mißgeschick mit Clorinde. Und den Turbulenzen mit der Generalin. Da hält Sora im Unterschreiben inne und hört mir wesentlich interessierter zu. Es scheint ihn zu amüsieren. Wahrscheinlich denkt er nicht viel anders als der Komissar, nämlich daß ich bedrohlich abrutsche und langsam die ›öffentliche Ordnung‹ unserer zauberhaften kleinen Stadt in Gefahr bringe. Aber er müßte eigentlich ein bißchen mehr Verständnis dafür aufbringen als Monsieur Beloy und wissen, daß diese Verwicklungen bei meiner Tätigkeit nicht vorherzusehen waren, obwohl genau betrachtet auch diese Tätigkeit nicht ganz unschuldig ist insofern, als ich mit lauter Stimme etwas vortrage, was für die Stille bestimmt ist. Wohin kann das führen? Wenn er es nicht weiß, wer dann? Allerdings sieht er, wenn ich es recht bedenke, seine Bücher lieber in den Regalen seiner Bibliothek stehen als irgendwo in Freiheit. Er zähmt sie ja schon seit so langer Zeit! Auf jeden Fall ist er nachsichtig. Da ihn wahrscheinlich die Zeit drängt und er mich nicht vor die Tür setzen will, steht er auf, kommt zu mir und drückt mir einen brüderlichen Kuß auf beide Wangen.

Mit Eric ist es Routine geworden. Ausgenommen sein Geburtstag; seine Mutter bestand darauf, daß ich an dem kleinen Fest im engsten Kreise teilnehme, als ob ich zur Familie gehörte. Sie hat sogar angedeutet, daß es eine ›Überraschung‹ geben würde. Ich habe ein hübsches Kleid angezogen, ein Seidenkleid, von dem ich dachte, daß es Eric gefallen würde und der Stoff seinem Geschmack entspräche. Als Geschenk habe ich eine Anthologie zeitgenössischer französischer Poesie für ihn mitgenommen, die ausgerechnet mit einem Gedicht von Francis Ponge beginnt, das den Titel trägt *Das Gewand der Dinge.* Vielleicht ist das etwas zu hoch gegriffen für einen Jungen seines Alters, aber seitdem wir von Baudelaire gesprochen haben, hat er mich immer wieder in Erstaunen versetzt oder, genauer gesagt, entzückt durch seinen wachen, geschärften Sinn für Poesie.

Ein Kuchen mit vierzehn Kerzen steht mitten auf dem Tisch, dazu eine Flasche Schaumwein, Orangensaft und Konfekt, alles auf einer gestärkten, frisch gebügelten Decke. Eric ist besser frisiert als sonst, der Scheitel sitzt schnurgerade.

Seine Mutter hat an diesem Tag keine Schürze umgebunden, aber die Lockenwickler sind ihrem Haar noch deutlich anzusehen. Ich merke bald, daß der Vater nicht an dem kleinen Fest teilnehmen wird, daß seine Arbeit es verhindert; also werde ich ihn auch diesmal nicht kennenlernen. Es werden Freunde erwartet. Vermutlich ist das die Überraschung.

Eine traurige Überraschung. Es klingelt, Schritte auf der Treppe, die Tür öffnet sich: Eine Frau mit einem blinden Kind kommt herein. Man stellt es mir vor: Ich wollte es Ihnen nicht im voraus sagen... Das hier ist Joel, ein Freund von Eric, sie waren eine Zeitlang in derselben Pflegeanstalt, zu ganz unterschiedlicher Behandlung, wie Sie sich wohl denken können, aber sie sind Freunde geblieben, enge Freunde sogar, sie sehen sich immer noch (sie hat wohl sofort den Schnitzer bemerkt, das unpassende ›sie sehen sich‹, denn ihre Wangen werden feuerrot), und Eric, der Ihnen bestimmt von Joel erzählt hat, wollte, daß er heute dabei ist, mit seiner Mama, die Sie hier sehen.

Die Situation kommt mir sonderbar vor, aber ich zeige mich erfreut, schüttele die Hände, die sich mir entgegenstrecken, und setze mich mit der ungewöhnlichen Gesellschaft zu Tisch: zwei Mütter und ihre beiden behinderten Kinder. Ich fühle mich ganz fremd und fehl am Platze und frage mich wieder einmal, wozu ich eigentlich hier bin. Der Kuchen ist jedoch köstlich, und alle scheinen zufrieden. Bei Eric bin ich mir allerdings nicht so sicher. Bei Joel ist es schwer zu sagen. Er hat ein unendlich sanftes Gesicht, doch bleibt es so stumm und ausdruckslos in seiner Sanftheit, daß man sich kaum eine Gefühlsregung darin vorstellen kann. Es ist mir wirklich nicht möglich, ihm näherzukommen. Die Mama hingegen ist alles andere als stumm. Genauso aufdringlich und redselig wie die andere, aber lockerer und entschiedener. Übrigens merke ich sofort, worauf sie hinauswill.

Sie sind bei den Blinden sehr bekannt, sagt sie zu mir, das wissen Sie vielleicht gar nicht, aber so ist es... Wahrscheinlich hat Eric unserem Joel von Ihnen vorgeschwärmt... und Joel hat wiederum mit seinen Freunden von Ihnen gesprochen... die möchten so gerne, daß Sie zu ihnen in ihr Institut kommen und ihnen vorlesen... sie haben schon den Direktor gefragt... denn gibt es etwas Wichtigeres für junge Blinde als das Lesen... etwas Wichtigeres und Schöneres vor allem als eine Vorleserin, wenn sie Ihr Format und Ihr Talent besitzt... stimmt's, Eric? Stimmt's, Joel? Gewiß, die Jungen haben ihre Bücher, sie haben ihre Braille-Schrift und heutzutage auch Schallplatten und Kassetten... aber was könnte eine so warme, lebendige Stimme ersetzen wie die Ihre... Sie sollten wirklich auf den Vorschlag eingehen... man wartet dort auf Sie!

Ihr Ton ist beinahe flehend geworden. Ich weiß nicht, was ich sagen soll. Joel sitzt immer noch wie versunken da in seiner weißen Sanftheit. Eric schaut in eine andere Richtung. Keiner sagt ein Wort. Ich habe das merkwürdige Gefühl, daß die Redensart ›Ein Engel geht durch den Raum‹ sich in diesem Augenblick aufs deutlichste bestätigt. Ein Engel ist tatsächlich unter uns, vielleicht ist es eines der beiden Kinder – welches? – er schwebt im Raum, ist unter uns, über uns, körperlos und doch von einer erstaunlichen körperlichen Präsenz, eine leichte Berührung, ein Flügelschlag, nicht faßbar, seidenweich, an meinem Ohr, an meinem Hals, auf meiner Haut, und ein zartes Licht, das da zitternd leuchtet in unserer Mitte.

Vielleicht sind es nur die Kerzen auf dem Kuchen, die Erics Mutter gerade angezündet hat. Man läßt sie ein Weilchen brennen, dann muß Eric sie traditionsgemäß ausblasen. Es wird nichts ausgelassen. Der Rollstuhl wird ganz nahe an die Tischkante gerollt, und Eric muß sich vorbeugen, mit Mühe offenbar, um die kleinen Flammen zu löschen. Joel lächelt ein wenig, das Gesicht den flackernden Lichtern zugewandt, als ob er sie durch den Schleier vor seinen Augäpfeln wahrnähme. Wir stoßen an, reichen Teller mit großen Kuchenstücken von einem zum andern, wir machen uns gegenseitig Komplimente, tauschen Wünsche und geben uns fröhlich.

Ich fühle mich wie auf einem Gemälde von einem Breughel, nur ist um mich herum unter den Dingen, die ich sehe und berühre, nichts von der reichen Substanz der Malerei zu spüren, weder ihre Farbe noch ihre Wärme noch ihr Glanz, ich sitze eben nur an einem ungewöhnlichen Platz in einem merkwürdig zusammengefügten Ganzen, ich bewege mich in diesem Bild wie ein fremder Gast oder der großzügige Mäzen, den man inmitten eines Familienbildes darstellen wollte. Aber nichts ist schön, abgesehen vielleicht von Joels verschleierten Augen und Erics leidendem Körper, das Bild zeigt nur eine schäbige kleine Wohnung mit ärmlichen Möbeln, Gegenständen aus Plastik odder Formica, Gläsern und Tellern aus dem Kaufhaus und Wachstuch, das hier und da durch die Lochstikkerei der Tischdecke zu sehen ist. Wenn es sich doch wenigstens in ein Bild von Chagall verwandelte, wenn ich fliegen, im Raum schwimmen könnte, ätherisch, mit dem Kopf nach unten unter der Zimmerdecke! Das kleine Geburtstagsfest erreicht seinen Höhepunkt, als Erics Mutter, ohne mich nach meiner Meinung zu fragen, mich auffordert, ins Nachbarzimmer zu gehen und den beiden Kindern vorzulesen, die sich schon auf den wunderbaren Augenblick, der sie erwartet, freuen, wie sie sagt. Sie hat alles so geplant, alles so entschieden. Die andere Mutter stimmt mit einem beseligten Lächeln zu und scheint ebenso entschlossen. Die beiden Frauen wollen offenbar etwas allein sein, um zu schwätzen. Sie wollen mich wieder in meine Funktion einsetzen, in den Bereich, der nun mal nicht der ihre ist, wenngleich er durch ihre Kinder ein außergewöhnliches Prestige bekommen hat.

Da sitze ich also in Erics Zimmer mit den beiden Jungen. Jetzt gibt es auch von meiner Seite keine Zugeständnisse! Da ich mit diesem Buch gekommen bin, das mit *Das Gewand der Dinge* beginnt, lesen wir jetzt *Das Gewand der Dinge.* Ich habe allerdings gemerkt oder mitbekommen, daß Joel jünger ist als Eric und bildungsmäßig sicher noch nicht die gleiche Reife hat. Ist Eric selbst, wie erleuchtet sein Geist und sein Herz durch die vierzehn Geburtstagskerzen auch sein mögen, für diese Feinheiten überhaupt schon empfänglich? Auf jeden Fall ist er stolz auf diese erste Lesung aus einem Buch, das ich ihm geschenkt habe. Ich fange an:

Einmal wenigstens, wenn die Gegenstände für euch ihren Reiz verlieren, beobachtet mit Bedacht die verfänglichen Veränderungen, die an ihrer Oberfläche sich abspielen infolge des aufsehenerregenden Ereignisses des Lichtes und der Winde je nach dem Zug der Wolken, je nachdem, ob dieses oder jenes Bündel von Tagesglühbirnen erlischt oder entzündet wird, dies fortwährende Erschauern der Wasserflächen, dies Vibrieren, diesen Brodem, diesen Hauch…

Ich blicke auf. Ich weiß nicht mehr genau, wo ich bin. Ich weiß nicht, wo all die Glühbirnen, Tischdecken und aufregenden Lichteffekte herkommen. Da drüben, hinter der Tür, auf dem Tisch, wo die Kerzenflammen vom zarten Atem eines blutjungen Mannes ausgeblasen wurden, bei einem falschen flämischen Fest? Oder andernorts, draußen, unter unbekannter Sonne und in unbekanntem Wind, der jedem dieser beiden Jungen unerreichbar ist? Soll ich weiterlesen? Eric nickt zustimmend.

Lernt also, ganz einfach den Tag zu betrachten, das heißt oberhalb der Erde und ihrer Gegenstände jene Tausende von Glühbirnen und Phiolen, die am Firmament in jeder Höhe und an allen Stellen dergestalt aufgehängt sind, daß sie ihn verstecken, anstatt ihn zu zeigen...

Ich zögere, noch weiter zu gehen. Ich würde gern eine Reaktion, vielleicht Zustimmung hören. Eric hält die Augen wie gebannt auf mich gerichtet.

Ich frage etwas bang: Ist es schön?

Da antwortet er: Ja, es ist sehr schön, aber *er* kann es nicht wissen, denn er sieht Sie ja nicht.

Eine leidenschaftliche Liebe. Das war vorherzusehen. Michel Dautrand redet sich ein, daß er ganz verrückt nach mir ist, und will mich unbedingt mit nach Zimbabwe nehmen, wo man ihm Gelegenheit gibt, seine Firma unter außergewöhnlichen Bedingungen wieder flottzumachen. Neue Bergwerke werden dort erschlossen. Er fährt auf jeden Fall hin. Wenn ich mitkomme, wird es das große Glück, ein neuer Lebensanfang. Komme ich nicht mit, wird er sich für immer in den Tiefen Afrikas vergraben und bald vergessen sein: er wird ins Bergwerk einfahren und nie wieder heraufkommen, er wird in Arbeit ertrinken wie andere im Alkohol.

Das erzählt er mir, während er seinen Whisky pur schlürft. Ich hocke halb nackt neben ihm auf dem Sofa, er streichelt meine Schulter und versucht von Zeit zu Zeit, mir ein paar Tropfen dieses kostbaren Getränks einzuflößen; mir genügt es, daran zu schnuppern, der Geruch ist mir lieber als der Geschmack.

Ich habe das Versprechen, das ich mir selbst gegeben hatte, nicht eingehalten, das weiß ich wohl. Ich bin rückfällig geworden, habe wieder mit ihm geschlafen. Eigentlich weniger aus Schwäche als in Anbetracht seiner Abreise nach Afrika. Ich glaube, er wird sein Vorhaben verwirklichen. Er hat eigentlich gar keine Wahl. Er wird also früher oder später aus meinem Gesichtskreis verschwinden. Seine Leidenschaft wird erlöschen wie alle Leidenschaften. Ich kann somit den lustvollen kleinen Kontakt mit ihm getrost noch ein Weilchen aufrechterhalten. Ich glaube, wir kommen beide dabei auf unsere Kosten. Er behält übrigens einen ganz klaren Kopf, wenn er es auch nicht wahrhaben will. Er weiß genau, daß ich nicht mitkomme nach Afrika. Vorläufig tut er jedoch alles, um mich zu überzeugen. Seine Geschäfte werden florieren. Das Geld wird in Strömen fließen. Ich werde eine pompöse Villa bewohnen. Werde Boys haben nach Herzenslust. Der diskrete Charme der Kolonialzeit wird für mich noch einmal zurückkehren, aber im Rahmen einer modernen, ehrlichen Zusammenarbeit und eines freien Unternehmertums. Ich werde geliebt, mit Juwelen geschmückt, mit Geschenken überhäuft, bewundert und gefeiert werden. Ich werde glücklich sein. Kein Vergleich mit dem traurigen Dasein eines hilflosen Wesens in einer Stadt mit lauter Schwachköpfen und einem Ehemann, der sich einen Dreck um mich kümmert.

Hier erhebe ich Protest. Ich lobe Philippe über den grünen Klee. Ich sage deutlich, daß ich in keinem Moment daran gedacht habe, Philippe zu verlassen, der meiner Meinung nach tausendmal mehr aufzuweisen hat als so ein Generaldirektor wie er. Das soll er sich gesagt sein lassen.

Er begreift offenbar nicht, weiß nicht mehr, woran er ist. Ich glaube, daß er mich manchmal haßt.

Solche Momente muß ich mir zunutze machen, um ihn wieder zum Lesen zu bringen. Meine Affäre mit ihm hat meine pädagogischen Bestrebungen keineswegs verdrängt. Ganz im Gegenteil. Es ist eine besondere Spielart der Pädagogik. Wenn er mit mir schlafen will, muß er zunächst bereit sein zu lesen. Nicht unbedingt, mir zuzuhören. Selber zu lesen, meinetwegen laut, wenn ihm das lieber ist. Wichtig ist, daß er sich weiterbildet, da Bildung, wie er selbst gesagt hat, bei seinen gesellschaftlichen Beziehungen so wichtig ist. Damit hätte ich meinen Vertrag erfüllt und wäre für meine Liebesmüh entschädigt. Die zufällig auch ein Liebesglück ist. Das scheint er zu verstehen, und er fügt sich. Jede besondere Gunst, die ich ihm gewähren soll, muß er sich durch Lektüre verdienen. So liebt er es zum Beispiel, mit kannibalischer Besessenheit meinen Po abzuküssen. Ich verlange, daß er vorher ein aufgeschlagenes Buch darauf legt wie auf einen Bücherständer und wenigstens ein paar Minuten laut daraus vorliest.

So wie jetzt. Ich liege bäuchlings auf dem Teppich des großen Salons, nackt, dicht am Feuer, das im Kamin brennt, das Buch auf der erwähnten Stelle, Michel davor, die Arme auf meinen Oberschenkeln verschränkt, das Kinn erhoben, den Nacken gerade, ganz in die Lektüre vertieft.

Der Text, den ich ausgesucht habe – in der Überzeugung, daß wir nicht nur moderne Autoren lesen sollten, sondern daß ein Generaldirektor mit Bildung auch für die Antike und die humanistischen Meditationen über die Wechselfälle des Glücks aufgeschlossen sein müßte –, ist ein Brief von Aretino an Papst Klemens VII.:

Fortuna mag die Geschicke der Menschen so lenken, Seigneur, daß sie trotz aller Vorsorge nichts dagegen auszurichten vermögen, doch verliert sie ihre Herrschaft, sobald Gott einzugreifen gedenkt. Wer aus so erhabener Höhe herabstürzt wie Eure Heiligkeit, muß sich mit seinen Gebeten an Jesus wenden, nicht aber das Schicksal anklagen. Es war nötig, daß der Stellvertreter Jesu Christi mit seinen Leiden für die schuldvollen Irrtümer der anderen zahlte; die Gerechtigkeit, mit welcher der Himmel die Vergehen straft, wäre vor den Augen der Welt nicht offenbar geworden, wenn Euer Gefängnis es nicht so sichtbar bezeugte. Tröstet Euch also in Eurer Drangsal und bedenkt, daß es der Wille Gottes ist, wenn Ihr dem Kaiser ausgeliefert seid und zugleich die göttliche Barmherzigkeit und die menschliche Gnade erfahren dürft. Wenn es für einen Fürsten, der stets stark, stets klug und stets für die Schläge des Schicksals gerüstet ist, als eine Ehre gilt, das Mißgeschick, falls es sich nicht abwenden ließ, gelassen zu ertragen, wie groß wird dann erst Euer Ruhm sein, wenn Ihr, nachdem Ihr den Fürsten an Geschicklichkeit, Entschlossenheit und Weisheit übertroffen habt, mit Geduld ertragt, was Gottes Wille Euch auferlegt…

Es ist sehr mild. Ich bin etwas rausgefahren, um im Wald spazierenzugehen. Nichts ist so erstaunlich wie diese Tage, wenn die ersten Knospen noch in ihren Pflanzenschleim eingerollt sind, aber schon kleine grüne Spitzen zeigen. Es ist, als würde die ganze Welt in einem labilen Gleichgewicht hin und her schwanken, und man kann nicht sagen, auf welche Seite sie fällt. Die Landschaft ist noch verschwommen, unklar. Zum Glück duftet es schon, bevor die Farben sichtbar werden; ein frischer, neuer Geruch steigt von der Erde auf. Ich habe leichte Strohsandalen angezogen, als wollte ich die Jahreszeit zum Durchbruch ermutigen, trage aber noch dicke Socken. Ich habe meinen Wagen in einer Waldschneise abgestellt und wandere auf einem Humusteppich. Ich spüre die klare Luft in meinen Lungen. Zu meinem Pech kommt ein Joggingfan im Trainingsanzug hinter einem Baum hervorgeschossen, und damit ist es um meine Einsamkeit geschehen. Ich schaue ihm nach, wie er mit hochgezogenen Schultern, hohlem Kreuz, gleichmäßig atmend, auf dem Waldweg davonläuft. Ein Glück immerhin, daß es nicht Sora war, dann wäre ein Gespräch unvermeidlich gewesen. Wenn er Lust dazu gehabt hätte jedenfalls, was ganz und gar nicht sicher ist. Ich habe das Gefühl, daß ich ihn nerve, daß er mir mehr oder weniger die kalte Schulter zeigt. Vielleicht hat Brasilien ihm tatsächlich den Kopf so verdreht, daß er den Blick von mir abgewandt hat und mit meinem Tun und Treiben nicht einverstanden ist. Pech für mich. Ich hätte lieber zur Uni zurückkehren sollen, seine Kurse besuchen, weiterstudieren: das hätte er gewollt. Und mit ihm schlafen, bevor er dafür zu alt ist. Lieber mit ihm als mit diesem Analphabeten, dem ich mühsam das ABC beibringen muß. Ich mache alles falsch. Ich irre mich jedesmal. Man muß schon Philippe sein, um so viel Geduld mit mir aufzubringen. Eine Geduld, die einem nur die Aerologie geben kann.

Hinter dem Jogger folgt in gebührendem Abstand eine Frau, mit der ich nicht gerechnet habe. Vielleicht seine Ehefrau. Sie läuft mit hochrotem Gesicht an mir vorbei, ohne mich zu sehen. Sie ist in Shorts. Ziemlich gut gebaut. Üppiger Busen, der nicht einmal beim Laufen besonders wabbelt. Lange Oberschenkel und darüber Pobacken, die mich direkt neidisch machen. Ich denke an Françoise und ihre Gymnastik. Sie hält es hinter ihrer Schreibmaschine nicht aus, sagt sie, wenn sie nicht regelmäßig die Vorderarme und Schultern entspannt. Und dafür gibt es nichts Besseres als Sport, frische Luft, freie Natur. Sie macht regelmäßig einen Waldlauf mit ihren Advokaten, mal mit dem einen, mal mit dem anderen, mal mit beiden.

Françoise sieht mich immer in strahlendstem Licht. Selbst als Lucky, mit der Schlinge um den Hals, machte ich ihrer Meinung nach eine brillante Figur. Sie war sicher, daß ich es beim Theater weit bringen würde. Daß meine Stimme mich weit bringen würde.

Der Beweis ist erbracht, daß ich wirklich weit gekommen bin. Ich bin jetzt mitten im Wäldchen und möchte wahrhaftig niemanden mehr treffen. Nach dem joggenden Mann und seiner Frau hoffe ich nur, daß jetzt nicht auch noch die Kinder, eins nach dem andern, vorbeitraben. Ich möchte nur noch Bäume sehen. Bäume sind unersetzlich. Ich möchte die Stämme von ihrer alten Borke befreien und sie umarmen, umschlingen, meine Lippen auf das nackte Holz drücken. Die jungen Triebe knabbern, sobald sie hervorkommen. Mir das Gesicht zerkratzen an denen, die widerstehen. Auf diesem Waldboden laufen, ohne Schuhe und ohne Socken. Dem Birkhahn oder dem Hirschkäfer davonlaufen. Immer weiter. Weiter. Und dabei all die kleinen Sätzchen, Satzfetzen, Textsplitter auf meine Lippen kommen lassen, die mir im Kopf herumtanzen, die Passagen, die ich eigentlich auswendig lernen sollte, wenn ich meinem Beruf etwas mehr Glanz, Eleganz und Abwechslung verleihen möchte. Mein Gott, wer bin ich?

Ich war ziemlich sicher, daß mir nichts mehr passieren könnte. Doch ich hatte meine Rechnung ohne den Kalender gemacht. Ich hatte mir nichts dabei gedacht, als die Generalin mir vorschlug, am Vormittag des ersten Mai zu ihr zu kommen: sie hatte mir versichert, daß dieser Tag ihr wirklich etwas bedeute und daß sie ihn gern in meiner Gesellschaft verbringen würde.

Kaum habe ich die Schwelle überschritten, spüre ich, daß Nervosität in der Luft liegt. Gertrude (ich habe erst nach sechs Monaten ihren Namen erfahren) kommt mit einer Reitpeitsche in der Hand auf mich zu, reicht sie mir mit aufgelöstem Gesicht und hervorquellenden Augen und sagt: Peitschen Sie mich aus! Als ich mein Erstaunen zeige, wiederholt sie mit zitternden Lippen: Peitschen Sie mich!

Sie ist blaß, das straff zu einem Knoten nach hinten gekämmte Haar läßt die Verwirrung auf ihrem Gesicht noch deutlicher zutage treten. Ihr ganzer Körper bebt. Ich beruhige sie, schlage vor, die Peitsche wieder an ihren Platz zu legen (auf ein Regal im Salon, sie gehört zum Museum, ist eine Erinnerung an den General), und bitte sie um eine Erklärung. Sie sagt, daß sie sich sehr schämt, daß sie eine schwere Schuld auf sich geladen hat und nichts anderes verdient als die Knute, weil sie es zum zweiten Mal nicht fertiggebracht hat, ihre Herrin von einer Dummheit abzuhalten.

Und schon wieder stecke ich, die pflichtbewußte Vorleserin, in einer fürchterlichen Falle. Ich glaube zu verstehen, daß mit dem ›ersten Mal‹ die Geschichte mit dem Gewerkschaftsaufmarsch und der Empörung im Quartier gemeint ist. Was ist das zweite Unheil?

Gertrude will es mir nicht sagen. Sie fällt vor mir auf die Knie, fleht mich an, sie mit der Peitsche zu strafen, diese gerechte Bestrafung wäre für mich, fügt sie hinzu, sogar ein Glück. Und sie beginnt die Enden ihrer gestärkten Bluse aus ihrem Rock herauszuziehen, um ihren Oberkörper zu entblößen.

Ich bitte sie energisch, mit ihren lächerlichen Gesten aufzuhören und mir zu sagen, was vorgefallen ist. Endlich entschließt sie sich zu reden. Es ist folgendes: Die Gräfin hat ganz und gar nicht die Absicht, sich etwas vorlesen zu lassen, sie will vielmehr zum Aufmarsch des Ersten Mai und rechnet mit mir als Begleitung. Sie ist bereits angezogen.

Das will ich nicht glauben. Ich renne in ihr Schlafzimmer, öffne die Tür, und was sehe ich? Eine alte Aristokratin aus einem anderen Zeitalter steht vor dem Spiegelschrank und betrachtet sich in ihrem enganliegenden schwarzen Lamékleid, das sie wie eine Wurstpelle umgibt, ihr aber doch eine gewisse Eleganz verleiht, dazu trägt sie eine Art Boa um den Hals und einen Federhut auf dem Kopf.

Sie erblickt mich im Spiegel, dreht sich um und kommt auf mich zu. Nouchka, Sie gehen mit mir zur Mai-Versammlung!

Es klingt so klar, so entschieden, so gebieterisch, daß ich nicht weiß, wie ich mich dem entziehen soll. Zumal die Gräfin mit leicht feuchten Augen hinzufügt, daß es vielleicht ihr letzter Erster Mai sein wird. Ich helfe ihr in den alten Pelzmantel, reiche ihr den Stock. Ich versuche die Sache noch etwas hinauszuzögern, indem ich sage, daß ich nicht einmal weiß, wohin wir gehen müssen, daß ich keine Ahnung habe, wo der Aufmarsch stattfindet.

Sie greift nach ihrer Handtasche, holt einen Plan heraus, ein Blatt Papier mit einer Zeichnung: der Weg des Mai-Marsches. Sie hat an alles gedacht. Auf jeden Fall, sagt sie, bildet sich der Zug am Rathaus. Wenn Sie Ihren Wagen nicht hier haben, Nouchka, nehmen wir den Autobus. Sie zieht mich fort. Mir ist, als hörte ich Geschrei, Gejammer, Getrampel in der Küche.

Es ist lange her, daß ich eine Mai-Versammlung erlebt habe. Diese hier kommt mir offen gestanden etwas kläglich vor. Es sind keine Massen, die sich auf dem Rathausplatz versammelt haben, um sich die nichtssagende Ansprache eines Gewerkschaftsabgeordneten anzuhören, der gern die Herzen entflammen möchte, aber nicht die rednerischen Qualitäten dazu hat. Die

Anwesenheit der Generalin bleibt infolgedessen nicht unbemerkt. Sie denkt auch gar nicht daran, sich zu verstecken. Lebhaft schwenkt sie ihren Stock, redet zu einer Gruppe von Gastarbeitern, wahrscheinlich Straßenfegern der Stadt, nennt sie ›Kameraden‹, will einer Verkäuferin Maiglöckchen abkaufen, packt gleich zwanzig Stengel auf einmal, um sie ringsum zu verteilen, bezahlt mit einem großen Schein und wartet das Wechselgeld nicht ab, trippelt vor Ungeduld. Man flüstert, man murmelt, man zeigt mit dem Finger auf sie. Mir ist nicht ganz wohl dabei. Aber noch mulmiger wird mir, als sich nach den üblichen Ovationen der Zug bildet und sie in der ersten Reihe gehen will, an meinem Arm, trotz der Verlegenheit der Organisatoren, die vor so viel Initiative die Waffen strecken. Einige fragen mich vertraulich nach einer Erklärung, die ich nicht parat habe. Schließlich setzt sich der Zug in Bewegung, mit der Generalin in vorderster Linie; sie hält sich mit einem Arm an mir, mit dem anderen am Gewerkschaftssekretär des hiesigen Ortsvereins fest, setzt mühevoll humpelnd einen Fuß vor den andern, aber sie strahlt vor Glück und ist offensichtlich entschlossen, bis zum Ende mitzumarschieren, obwohl der ganze Zug ihretwegen nun viel langsamer durch die Straßen der Stadt ziehen muß. Ich schaue sie von der Seite an, besorgt, daß sie bei diesem Gedränge ohnmächtig werden könnte, und stelle fest, daß sie wahrhaftig an ihrem Mantel auf der einen Seite Maiglöckchen und auf der anderen eine rote Nelke und die Kornähre der ungarischen Revolution angesteckt hat. Die Leute, die uns vorbeiziehen sehen, sind anfangs stumm vor Staunen und applaudieren dann mit aller Kraft. Viele scheinen die Generalin zu kennen. Als sie zurückwinkt, wird sogar aus den Fenstern applaudiert.

Ich habe das Gefühl, daß wir nie ans Ziel gelangen. Als wir endlich doch auf der Place de la Libération angekommen sind und um das große Blumenbeet in seiner Mitte herumgehen, fällt mein Blick auf ein kleines Mädchen, das mir mit seiner Mütze und seinem Schal vom Straßenrand her zuwinkt. Es ist Clorinde. Einen Augenblick glaube ich zu träumen, glaube an Halluzination, bei der alles wie in einem Kaleidoskop aufeinanderstößt und sich zusammenfügt. Aber nein, sie ist es tatsächlich. Sie reißt sich los, kommt quer über den Platz auf uns zugelaufen, hängt sich an meinen freien Arm und schließt sich dem Zug an.

Da gehe ich, rechts und links eingerahmt, mitten in der Stadt, in der Menge, um die Mittagszeit – genau das Richtige, um meine Berufsanonymität zu bewahren. Ich zittere bei dem Gedanken, daß Clorinde sich noch einmal ungestüm und unüberlegt zeigen könnte, aber zum Glück spricht sie leise mit mir. Sie sagt, daß sie mit ihrer Mutter zusammen dastand und daß diese mich von weitem erkannt und vorgeschlagen hat, sie solle zu mir hinüberlaufen; sie sagt auch, daß beide es schön fänden, wenn wir die Vorlesestunden wieder aufnehmen würden, daß sie mich erwarten, daß ich unbedingt wieder zu ihnen kommen soll. Als ich mich vorbeuge, um sie besser zu verstehen, drückt sie mir einen warmen, frischen kleinen Kuß auf die Wange. Sie riecht nach Maiglöckchen.

Wieder eine – wenig angenehme – Vorladung beim Kommissar Beloy. Diesmal ist er wirklich wütend. Als ich hereinkomme, ist in seinem Büro noch ein Polizist, der auch dableibt und mich frech und sensationslüstern anguckt. Der Kommissar möchte mir gegenüber nicht unhöflich, nicht grob werden, wie er sagt, aber er ist ganz entschieden der Meinung, daß ich diesmal zu weit gegangen bin. Das Affentheater vom Ersten Mai sei geradezu grotesk gewesen. Die ganze Stadt, jawohl, *die ganze Stadt* hat sich aufgeregt! Ich solle nur ja nicht sagen, daß ich nichts dafür könne; ich ging in der ersten Reihe, ich führte die Generalin am Arm, das war schließlich kein Zufall, keine spontane Geste. Was habe ich zu meiner Verteidigung vorzubringen?

Er ist außer sich. Die Lage muß ernst sein. Ob mir der Polizist gleich Handschellen anlegt? Natürlich sage ich dem Kommissar, daß der Aufmarsch vom Ersten Mai eine traditionsreiche, friedliche Veranstaltung ist und daß es meines Wissens vom Gesetz nicht verboten sei, daran teilzunehmen.

Er springt (sehr federnd übrigens) von seinem

Stuhl auf, setzt sich auf die Ecke seines Schreibtischs und mustert mich mit einem Gesichtsausdruck, der eine Mischung aus Haß und Mitleid ist. Darum geht es nicht, sagt er, spielen Sie nicht die Unschuldige und stellen Sie sich nicht dümmer, als Sie sind... jeder darf defilieren... was ich wissen will, ist, warum Sie diese ehrenhafte Frau... sie mag etwas verwirrt sein, aber ehrenhaft... warum Sie diese Frau zu solchen Zirkusveranstaltungen mitschleppen – aus Provokationslust? Verspätete achtundsechziger Gefühle? Um unserer Stadt freiweg und in aller Öffentlichkeit einen Streich zu spielen? Denn das war der Eindruck, der bei allen vorherrschte, Gnädigste... ich habe Briefe bekommen, denken Sie nur... ich habe eine ganze Schublade voll... die Familie hat mich zu Hilfe gerufen, denn sie weiß nicht mehr aus noch ein... die Unterpräfektur hat sehr empfindlich reagiert... die Präfektur hat reagiert und auch die Geheimpolizei... zur Stunde wird das Innenministerium davon in Kenntnis gesetzt... telefonisch geht das rasch, wissen Sie... letzten Endes bin ich hier verantwortlich für Ordnung und Sicherheit...

Ich frage ihn ganz ruhig, ob die Sicherheit in Gefahr war. Das bringt ihn restlos außer sich. Oho! sagt er, Sie halten sich wohl für neunmalklug... aber Terroristen gibt es überall... nach außen hin merkt man ihnen meistens nichts an, sie sind über jeden Verdacht erhaben... ja, sie sehen oft aus, als ob sie kein Wässerchen trüben könnten... aber was das betrifft, da kenne ich keinen Spaß! Es ist aber nicht die haarsträubende Geschichte an sich, die mir zu schaffen macht, wenngleich es für die Notabeln unserer Stadt nicht gerade angenehm ist... und für die unglückliche Generalin Dumesnil erst recht nicht... und ich möchte sogar so weit gehen und behaupten, auch für unsere Gewerkschaften nicht, für unsere Arbeiter, die sich lächerlich gemacht fühlen durch diesen Narrenstreich... nein, was mir keine Ruhe läßt, das ist Ihre Rolle bei alledem... was treiben Sie eigentlich bei den Leuten unter dem Vorwand, ihnen vorzulesen... man munkelt so manches, wie Sie wissen, sogar in den Buchhandlungen und Bibliotheken... diese verrückte Anzeige, die Sie in die Zeitungen gesetzt haben...

Ich sage zu ihm: Verhaften Sie mich. Ich sehe zu dem Polizisten hinüber. Ich bin bereit, ihm meine Handgelenke hinzustrecken.

Der Kommissar schweigt, als wollte er einen neuen Anlauf nehmen, mich mit anderen, unwiderlegbaren Argumenten in die Knie zu zwingen.

Ich bin darauf gefaßt, daß er von Clorinde reden wird, die ja auch in diese Maimarsch-Affäre verwickelt ist, aber das spart er sich offensichtlich für den Schluß auf. Den Gnadenstoß.

Aber nein, kein Wort davon.

Seine Spitzel haben den Mai-Umzug beobachtet, bevor die Kleine zu mir gelaufen kam. Er weiß nicht alles.

Allerdings weiß er genug, um mir zu sagen — während er mich mit einem Blick mustert, der mich buchstäblich von Kopf bis Fuß auseinandernimmt –, daß Unruhestifter meiner Art in ihm immer einen unerbittlichen, entschiedenen Gegner finden werden und daß er mich scharf *im Auge* hat.

Das merke ich.

Nach diesem Disput war ich mir beinahe sicher, daß ich keine Chance mehr haben würde, weitere Kunden unter den Honoratioren unserer Stadt zu gewinnen. Aber da erhalte ich wider Erwarten einen Brief von einem sehr betagten Magistrat, einem einsamen Witwer, der, wie er schreibt, kaum noch lesen kann, da seine Augen so schwach geworden sind, und der gern von meiner Hilfe Gebrauch machen würde. Vielleicht auch von meiner Gesellschaft, wie er hinzufügt.

Ich bin mißtrauisch. Ist dieser Magistrat so etwas wie die Generalin und Michel Dautrand in einer Person? Andererseits: wer sollte sonst nach mir fragen wenn nicht alte Leute, Behinderte, Kranke oder solche, die mit ihrer Zeit nichts anzufangen wissen? Das war mir doch von Anfang an klar. Vom allerersten Augenblick an. Und ich bin ds Risiko eingegangen. Entweder ich mache so weiter, oder ich höre auf. Aber wenn ich so weitermache, darf ich nichts Ausgefallenes erwarten. Wer diesen Beruf ausübt, der muß sich auch mit Wiederholungen abfinden. Wir werden ja sehen.

Ich begebe mich also zum Hause des Gerichtspräsidenten im Ruhestand. Eine gute Erscheinung für sein Alter. Strenggeschnittener doppelreihiger Anzug, Krawatte. Band der Ehrenlegion. Kahler Schädel mit einem Kranz weißer Haare. Brille mit dicken Gläsern. Ganz Würde, ganz Höflichkeit. Er sagt mir, daß er in höchsten Lobestönen von mir habe reden hören, von mir und meinem Talent. Vom Wohlklang meiner Stimme. Lesen war die Leidenschaft seines Lebens, aber jetzt lassen ihn seine Augen leider im Stich – er seufzt –, vielleicht könnte ich ihm mein Augenlicht leihen, das wäre eine unschätzbare Hilfe, und es wäre darüber hinaus jetzt, da er an seinem Lebensabend angekommen ist, eine Möglichkeit, ein- oder zweimal in der Woche das grausame Alleinsein eines alten Magistrats, der mitten im Leben stand und sich nur schwer bescheiden kann, zu überlisten, denn die Bücher sind das letzte, was uns noch mit der Welt verbindet, wenn wir selbst nicht mehr voll und ganz daran teilhaben können.

Ich finde das sehr gut ausgedrückt. Dieser alte Richter im Ruhestand muß ein kultivierter Mann sein. Ich habe das Gefühl, daß nicht ich die Texte zum Vorlesen aussuchen werde, sondern daß die Anregungen von ihm kommen müssen. Er weiß bestimmt, was ihn interessiert und was nicht, was er gerne hören möchte. Er hat offensichtlich eine umfangreiche Bibliothek.

Ich schaue mich im Zimmer um, dessen Wände mit hohen Regalen voller Bücher in schönster Ausstattung bedeckt sind. Die Inneneinrichtung ist stattlich, etwas düster, etwas plüschig, aber ordentlich, alles ist an seinem Platz. Ich bin darauf gefaßt, daß im nächsten Augenblick eine Tür aufgehen und die unvermeidliche Haushälterin hereinkommen wird. Aber keinerlei Geräusch, kein Türenknarren, keine Schritte. Sollte er ganz allein leben? Er scheint sein Leben noch mit fester Hand zu steuern.

Ich sage ihm, daß ich seine Lesewünsche notieren werde, um mich vorzubereiten, damit ich ihm die Texte so gut wie möglich vorlesen kann. Daß ich bei mir zu Hause ein kleines blaues Zimmer habe zum Einüben. Sollte ich die Bücher nicht besitzen, so könnte er sie vielleicht aus seiner Bibliothek nehmen und sie mir leihen, ich würde sehr vorsichtig damit umgehen, davon könne er überzeugt sein.

Er ist sichtlich entzückt. Bei der Erwähnung des blauen Zimmers ist sogar eine Spur von Rührung, eine flüchtige Zärtlichkeit über sein Gesicht gehuscht. Ich bin genau die Richtige. Müssen wir den Tarif besprechen? Nein, das auf keinen Fall. Als Magistrat hat er eine sehr gute Pension, und der Dienst, den ich ihm erweisen werde, läßt sich gar nicht angemessen honorieren, falls ich tatsächlich bereit bin, auf seine Textauswahl einzugehen.

Liebe Marie-Constance, sagt er, wenn Sie mir gestatten, mit unnützen Förmlichkeiten Schluß zu machen und Sie bei Ihrem Vornamen zu nennen, so wie ein Vater mit seiner Tochter sprechen würde, liebe Marie-Constance, ich nehme an, daß Sie eine aufgeklärte Frau sind und daß Sie – bei der Erfahrung, die Sie inzwischen haben –

gewiß selbst eine erstklassige Auswahl treffen würden, aber als alter Mann, der ich nun einmal bin, sehe ich, daß mir wenig Zeit bleibt; und da denke ich bisweilen, daß es Werke gibt, Klassiker, die ich nie gelesen habe, und daß ich nicht sterben möchte, ohne sie kennengelernt zu haben… o ja, im Bereich der Lektüre gibt es ebenso viele unbefriedigte Wünsche wie auf anderen Gebieten… verstehen Sie mich? Er seufzt wieder sehr tief: Ach, wenn Sie doch einwilligten!

Ich sage ihm, daß ich ihm zur Verfügung stehe. Ohne allerdings recht zu wissen, worauf er hinaus will.

Er läßt mich nicht lange im unklaren. Er steht auf, holt ein schönes, in Leder gebundenes Buch aus einem der Regale. Er zögert ein wenig, es mir zu zeigen. Dann hält er es mir hin und schlägt errötend und zitternd ein paar Seiten auf. Der Marquis de Sade, sagt er; das Buch steht da seit jeher, ein Erbstück der Familie, wir hatten es lange Zeit auf dem Speicher verwahrt, dann im Keller, jetzt steht es zwischen den anderen Büchern, weil niemand mehr im Haus ist, der danach greifen könnte, außer, bedauerlicherweise, ich selbst. Aber ich habe mir jahrelang nicht gestattet, es zu lesen, ich wagte es nicht, war in meiner Funktion zur Zurückhaltung gezwungen… erst in späten Jahren, nach der Pensionierung, mit mehr Muße… aber nun sind meine Augen auf einmal nicht mehr gut genug… daher dachte ich, daß Sie vielleicht…

Ich bin sprachlos. Jetzt bin ich in der Zwickmühle. In einem Dilemma, bei dem meine Berufsehre auf dem Spiel steht. Wenn ich einwillige, gehe ich ihm ins Netz. Lehne ich ab, bin ich keine Vorleserin. Eine Vorleserin muß lesen, und zwar laut lesen, was man von ihr verlangt... Er scheint eine x-beliebige Seite des Buches aufgeschlagen zu haben. Aber es ist de Sade! Ich nehme das Werk vorsichtig in die Hand. *Die Hundertzwanzig Tage von Sodom!* Die aufgeschlagene Seite ist mit einem Lesezeichen markiert, ein Abschnitt ist angekreuzt.

Dieser Abschnitt, sagt er, beispielsweise dieser Abschnitt oder ein anderer...

Ich schaue hin und sehe Ungeheuerliches. Ich bemühe mich, nicht die Fassung zu verlieren, und sage ihm, daß ich mir den Text genau ansehen werde, daß ich darüber nachdenken will und daß wir beim nächsten Mal weitersehen werden. Ich erhebe mich.

Er hält mich am Arm fest, er wirkt enttäuscht. Hören Sie, sagt er mit sehr sanfter, aber ziemlich autoritärer Stimme, wir könnten eigentlich heute schon einen kleinen Versuch machen... damit ich weiß, woran ich bin... damit ich Sie höre und diese Stimme beurteilen kann, von der man mir vorgeschwärmt hat... setzen Sie sich dorthin, aufs Sofa... ich setze mich Ihnen gegenüber, in den Sessel... Ich bin ganz Ohr...

Er hat mich festgenagelt. In die Enge getrieben. Fliehen oder einen kühlen Kopf bewahren, wie es der Beruf verlangt? Ich sage mir: Marie-Constance, meine Liebe, die professionelle Gelassenheit muß siegen, du hast Theater gespielt, du warst auf der Schauspielschule, du kennst dich aus auf der Bühne und im Komödienspiel, und du kennst auch die Männer, du wirst dich doch von diesem alten Ekel nicht ins Bockshorn jagen lassen! Ich setze mich aufs Sofa. Ich schlage die Beine übereinander. Nehme eine aufmerksame, konzentrierte Haltung ein. Lese stumm meinen Text. Das ist doch nicht möglich! Es ist kein Zufall! Er hat absichtlich diese Stelle ausgesucht! Es sind Worte darunter, die keinesfalls durch das Gehege meiner Zähne dringen, mir nicht über die Zunge kommen werden. Die ich einfach nicht aussprechen kann. Was tun? Soll ich gehen? Die Augen des Lurchs lauern hinter den dicken Gläsern. Im Zimmer herrscht drückendes Schweigen. Mitten in diese Stille hinein höre ich mich lesen:

Nach einem Monat, fuhr die Duclos fort, hatte ich es mit dem Lecker eines ganz entgegengesetzten Eingangs zu tun. Es war ein alter Abbé, der mir zuvörderst den Hintern mehr als eine halbe Stunde lang küßte und liebkoste. Dann setzte er seine Zunge am Loch an, drang ein und drehte sie drin herum, mit soviel Kunst, daß ich sie fast im Grunde meiner Eingeweide zu fühlen glaubte. Aber dieser, weniger phlegmatisch, wichste sich mit einer Hand sehr wollüstig ab, während er mit der anderen meine Arschbacken auseinanderhielt, und entlud, indem er meinen Hintern an sich zog und auf geile Art kitzelte, so heftig, daß ich seine Ekstase teilte. Nachdem er fertig war, untersuchte er noch einen Moment meine Arschbacken, betrachtete das Löchlein, das er ausgeweitet hatte, und konnte nicht umhin, noch einmal seine Küsse daraufzudrücken. Beim Fortgehen versprach er mir, oft wiederzukommen, da er mit meinem Arsch sehr zufrieden gewesen sei.

Ich hole tief Luft. Meine Stimme hat nicht gezittert, ist nicht schwach geworden. Ich habe nicht mit der Wimper gezuckt. Ich bin sehr zufrieden mit mir.

Er offenbar auch. Er sagt zu mir: Ich bin sehr zufrieden mit Ihnen, ich hoffe, daß Sie wiederkommen und weiterlesen werden.

Ich frage mich besorgt, was noch folgen wird. Aber nein, es passiert nichts Unangenehmes. Er möchte sich nur noch ein Weilchen mit mir unterhalten, damit wir uns besser kennenlernen, sagt er. Er erzählt mir von seinem beruflichen Werdegang, von den verschiedenen Posten, die er innehatte, von seiner Frau, die vor ein paar Jahren gestorben ist und deren Verlust er nicht hat verschmerzen können, von der Schwierigkeit der korrekten Rechtssprechung... wenn die Justiz mit einem großen J etwas bedeutet – er ist nach fünfundvierzig Jahren Berufsausübung nicht mehr davon überzeugt...

Er benimmt sich völlig korrekt, und der Umgang mit ihm ist angenehm. Er schlägt mir nicht vor, seine Wohnung zu besichtigen und seine Bibliothek näher kennenzulernen, dabei war ich schon darauf gefaßt, den Inhalt seines Giftschranks vorgeführt zu bekommen, der bestimmt in irgendeiner Ecke dort steht. Nein, wir sitzen da und unterhalten uns ganz normal. Und wenn es für ihn normal ist, Texte dieser Art zu lesen und lesen zu lassen, warum sollte ich mich dem eigentlich widersetzen? Es war ganz richtig, mich darauf einzulassen und mich stark zu zeigen. Eine musterhafte Vorleserin muß ein durch und durch neutrales, folgsames Instrument sein. Ein reines Werkzeug. Eine reine Stimme. Die reinste Transparenz. Da ist vermutlich ihre Grenze, darin liegt aber vermutlich auch ihre Größe.

Ich merke, daß ich heute in der Kennntnis und der Praxis meines Berufes einen entscheidenden Schritt vorangekommen bin. Und daß ich gleichzeitig mit mir selbst unleugbar Fortschritte gemacht habe. Ich scheide von meinem Magistrat, indem ich mich bedanke und ihm sage, daß ich wiederkommen werde. Wir vereinbaren einen Termin.

Die schönen Tage sind zurückgekehrt. Ich habe wieder mein Musselinkleid angezogen. Eric wird begeistert sein. Mit ihm hat sich alles gut eingespielt. Seine Mutter behauptet sogar, daß die Lesestunden, die sie ›Arbeitssitzungen‹ nennt, von größtem Vorteil für ihn sind. Wenn das stimmt, um so besser. Ichmerke jedenfalls, daß er immer aufgeschlossener wird für Literatur, vor allem für Poesie, so daß ich wohl recht daran tat, ihn mit den avantgardistischen Formen der Lyrik zu gewinnen. Das hat ihn nicht davon abgehalten, die Lyrik vergangener Jahrhunderte zu erforschen. Er ist wißbegierig. Er fragt, er vergleicht, findet Gemeinsamkeiten. Er bestürmt mich mit tausend Fragen, während er doch anfangs kaum den Mund aufmachte.

So stellt er mir auch heute, kaum daß ich Platz genommen habe, eine Frage, die mir im ersten Moment recht ungereimt erscheint: Madame, können Sie mir sagen, was *cestuy-là* bedeutet? Es wundert mich um so mehr, als sein Interesse sich gewöhnlich mehr auf die Aussage literarischer Texte als auf ihre Form bezieht und er gerne behauptet, mit der französischen Sprache, mit ihrem Vokabular keinerlei Schwierigkeiten zu haben. Ich forsche nach, wie er zu dieser Frage kommt, welche Anspielung, welches Zitat dahintersteckt. Esist nichts anderes als der bekannte Vers von Du Bellay:

Ou comme-cestuy-là qui conquit la toison (wie der, der einst das Vlies eroberte)

Er hat das berühmte Gedicht *Regrets* in einem seiner Schulbücher gelesen, und das Wort hat ihn stutzig gemacht. Ich zeige ihm offen mein Erstaunen, denn die Stelle ist wirklich nicht schwer zu verstehen, auch wenn man mit dem Altfranzösischen nicht vertraut ist: *Cestuy-là* heißt soviel wie *celui-là,* dieser da. Ein Demonstrativpronomen. Ich wiederhole: ja, ganz einfach *celui-là, celui-là, qui, celui qui.* So hätte es geheißen, wenn er das Sonett in einer modernen Fassung gelesen hätte.

Ich merke, daß er nicht weiß, was ein Sonett ist. Ich bin nicht sicher, ob ich es selbst genau weiß. Ich krame in meinen Erinnerungen aus der Schulzeit. Die Regeln des Sonetts? Ja, so ungefähr. So ist es richtig. Ich sage es ihm. Ich erkläre. Er hört sehr interessiert zu. Wir verwickeln uns in eine Diskussion über die Vorzüge der Poesie mit fester Metrik und Reimform gegenüber derjenigen freier Poesie. Über die Dichtung von früher und heute.

Eric hat es fertiggebracht, daß mir tatsächlich alles wieder einfällt (er hat mehr Glück damit als Roland Sora), er hat mich von einer Vorleserin zur Pädagogin gemacht. Seine Mutter hat ganz recht, wenn sie sagt, daß es sich um ›Arbeitssitzungen‹ handelt.

Eric fragt, ob es moderne Sonette gibt. Ich antworte ja, bei Jacques Roubaud zum Beispiel, und schlage vor, ihm ein Sonett aus dem Buch vorzulesen, das ich ihm geschenkt habe. Ich suche die Seite. Da ist sie:

Ich bin eine pünktliche Krabbe / ich bin ein Brief ohne Ereignis / mein Feld ist leer, rein / leergefegt vom geringsten Stern / ich habe die gerundete Masse des Auges mit Samt verschleiert / dieses Instrument wird nur noch seinen Staub unterscheiden können

ich wage das Schweigen nicht / ich stelle nur flache Sätze entgegen, die wie die Scheiben sind, die der Regen abwäscht / und ich finde Geschmack am Abend / ich habe Nachsicht für den frühen Morgen / niemals ist etwas zum Lesen in meiner Hand…

Er unterbricht mich, beugt sich in seinem Rollstuhl vor und nimmt meine Hand. Er betrachtet sie konzentriert.

Man kann aus Ihrer Hand etwas herauslesen, sagt er.

Verwundert antworte ich: Mag sein, wie aus allen Händen.

Er läßt sie nicht los, studiert sie genau, prüft den Handteller, die Finger. Warum nennt man das *lesen?*

Ich weiß keine Antwort außer: Ja, warum eigentlich?

Ohne meine Hand loszulassen, macht er ein paar Bemerkungen über das Sonett, dessen Anfang er soeben gehört hat. Er ist nicht sicher, ob er es richtig verstanden hat, aber er hat die Pausen bemerkt, die Leerstellen. Er denkt – was mir außerordentlich feinsinnig erscheint –, daß das Gedicht wohl ebensogut fürs Ansehen wie fürs Anhören geschrieben wurde, ja mehr noch zum Ansehen als zum Anhören, und er fügt hinzu, daß sein blinder Kamerad es nicht richtig würdigen könnte. Hingegen hat er das Glück, daß er sehen kann. Er nimmt das Buch, das auf meinem Schoß liegt (seine Hand streift mein Kleid), und betrachtet lange die Seite. Das Weiße, sagt er, ist dafür da, daß man es sieht. Und er fügt etwas geheimnisvoll hinzu: Das Schwarze übrigens auch.

Dann läßt er meine Hand los, rollt ein Stückchen mit seinem Stuhl zurück, als wollte er sich entfernen, von mir abrücken. Er sagt: Da Sie dieses Kleid wieder angezogen haben, wäre es schön, wenn Sie es noch etwas höher hinaufschöben.

Ich gehorche. Ich ziehe es weit über meine nackten Oberschenkel hinauf. Wir sitzen schweigend da. Ich höre ihn kaum atmen. Dann senkt er den Kopf und spricht sehr deutlich den folgenden Satz: Könnten Sie nächstes Mal vielleicht ohne Höschen kommen, Madame?

Ich habe nicht geträumt. Er hat es tatsächlich gesagt.

Der Geruch von frischem Gras steigt vom Universitätsgelände auf. Ich möchte Roland Sora nicht gerade bei den Prüfungen stören, aber ich muß ihn fragen, was er von meiner Textauswahl hält.

Als ich in sein Büro trete, ist er gerade dabei, eine unglückliche Studentin mit einem Text von Huysmans zum Erblassen zu bringen. Er geht einen Moment mit mir hinaus, und wir wandern ein paarmal im Gang auf und ab, während sich das junge Mädchen weiterhin mit dem Text abplagt und seine Schönheiten preist.

Das Gute an Huysmans ist, sagt Sora, daß er viel mehr ist als ein Neutralist und doch ein Naturalist durch und durch. Er gerät ins Faseln darüber und fragt mich dann, ob ich nach fast einjähriger ›Berufsausübung‹ mit den Ratschlägen, die er mir zu Anfang gab, zufrieden bin. Es stimmt, sagt er, letzten Endes sind die Naturalisten das einzig Wahre, nur die schönen, gut gefügten prallvollen Texte, die wirklich etwas aussagen, vor allem die *Realität* wiedergeben, interessieren den Leser, das hast du doch bestimmt auch festgestellt?

Ich möchte ihm eine Freude machen und ihn in seinen Ansichten bestärken, aber ich muß ihm sagen, daß die Realität mir noch nie so entwischt ist wie seit der Zeit, da ich diesen Beruf ausübe: sie rinnt mir durch die Finger, sie ist wie Wasser, das ich nicht in meinen Händen halten kann.

Er zuckt die Schultern. Wasser! Was soll das heißen, Wasser? Ob ich von etwas Fiktivem rede?

Ich sage: Nein, ganz und gar nicht, ich spreche von *nichts.*

Da bleibt er plötzlich stehen, wendet sich mir zu und schaut mich mit diesem funkelnden, sonderbar aufleuchtenden Blick an, mit dem er immer dann neugierig mein Gesicht abtastet, wenn er darin etwas entdecken will, was er (da bin ich sicher) für eine Manie hält.

Vielleicht würde er mir gern eine Privatvorlesung halten, hier, stante pede. Aber gerade jetzt steht mir der Sinn ganz und gar nicht danach; ich habe nicht die geringste Lust, in die Rolle der Studentin zu schlüpfen, die sich dort hinter der Tür den Kopf zerbricht. Ich will vielmehr, daß *er* etwas versteht, etwas, das ich schwer erklären kann. Was man vielleicht so formulieren könnte: Ich glaube, Texte auszusuchen, aber eigentlich suchen die Texte mich aus. Es ist ein sonderbares Geschick, ein Mißgeschick vielmehr, wie sich immer wieder gezeigt hat. Deshalb ist seine Idee, dieses oder jenes Buch zu nehmen, das sich besser als andere zum Vorlesen eignet, nicht stichhaltig – bei aller Hochachtung und Zuneigung, die ich für ihn habe, muß ich das sagen. Alle Texte sind gut und richtig, sobald sie über meine Lippen kommen. Mit jedem von ihnen kann wer weiß was passieren. Insofern fürchte ich, daß ich mir das unvorsichtigste Metier der Welt ausgesucht habe. Ich weiß nicht, ob unsere kleine Stadt mich lange ertragen wird.

Ich habe meine schön aufgebaute Argumentation vor ihm abgespult, und schon bricht sie in sich zusammen wie die des Sganarelle. Das muß jedenfalls Professor Sora denken, der immer noch mein Gesicht betrachtet, aber diesmal ohne sein Mitleid zu verbergen.

Ich werde keine Zeit haben, ihm von meinen letzten Tiefpunkten zu erzählen, wie ich es vorhatte. Er wird das Gespräch beenden. Er schaut auf die Uhr. Seine Studentin erwartet ihn. Die Prüfungen rufen. Die Ferien stehen vor der Tür. Er sagt mir, daß ich ja alles selber am besten weiß und mich schon allein zurechtfinde. Vielleicht werde ich am Ende gar eine Leseschule eröffnen. Er sieht eine vielversprechende Zukunft für mich voraus.

Viel Glück, Marie-Constance!

Gefahren können mich nicht mehr abschrekken, also gehe ich ein zweites Mal zu meinem Gerichtspräsidenten a. D. Ich bin gewappnet. Ich habe den Marquis de Sade laut im ›Klangkabinett‹ gelesen. Ich bin vor nichts zurückgeschreckt. Ich habe sogar ein paar Seiten an Philippe getestet. Sie haben ihm sehr gefallen, und er hat sogar erklärt, daß er das ganze Buch lesen möchte. Man habe ihm immer gesagt, der Marquis sei langweilig. Das behaupten alle, die ihn nie gelesen haben. Philippe ist anderer Meinung. Er ist alles andere als ein Durchschnittstyp.

Ich bin ungeniert in Jeans und Polohemd erschienen wie zu einem Gymnastikkurs. Der alte Herr, der an gewisse Formen und Normen gewöhnt ist, wirkt etwas befremdet. Wahrscheinlich um mir mit gleicher Münze heimzuzahlen, legt er nun Jackett und Krawatte ab und hüllt sich in einen seidenen Hausmantel. So fühlen wir uns beide wohl. Ich bin bereit, anzufangen. Er hat es jedoch nicht eilig. Er blickt auf die Uhr im Salon, als habe er eine bestimmte Zeit im Sinn, als warte er auf etwas. Wie wär's, wenn wir zunächst ein wenig plauderten? sagt er.

Das Wort *plaudern* versetzt mich in Entzükken. Ausgezeichnet! sage ich. Worüber wollen wir plaudern?

Er möchte wissen, wie ich meine Stimme ausgebildet habe, wie ich in meinen jungen Jahren zum Theater gekommen bin, da ich das als Referenz anführte. Ich erzählte ihm ein wenig davon, spreche von der Schauspielschule, von Godot, von Sganarelle. Es wundert ihn, daß ich Männerrollen gespielt habe, und er fragt mich, warum. Ich sage ihm, daß ich auch oft Frauenrollen verkörperte, Zéphire, Hyacinthe, Augustine. Das scheint seine Neugier zu wecken und ihn gleichzeitig zu rühren. Die Augen hinter den Brillengläsern werden leicht feucht. Er erinnert sich, daß er als Kind – aber das war freilich, wie er sagt, in grauer Vorzeit – anläßlich einer Preisverleihung in einem Stück mitgewirkt hat und daß er eine Person namens Céladon spielen mußte. Er wüßte nicht zu sagen, wie das Stück hieß, noch wer der Verfasser war, vielleicht war es gar nur eine Gelegenheitsdichtung und hatte überhaupt keinen Autor, aber woran er sich noch genau erinnert, ist das Kostüm, das er trug, jedenfalls an ein bestimmtes Kleidungsstück, eine Weste aus rosa Taft. Der Gedanke an die rosa Taftweste bringt etwas sehr Sanftes in seinem Kopf zum Klingen. Übrigens war da noch ein zweiter kleiner Junge, ganz in Gaze gehüllt, der sein Gesprächspartner war und Zélamir hieß. Er hat diese Namen nicht vergessen; wie auf Knopfdruck sind sie ihm wieder eingefallen, als ich vorhin die ähnlich klingenden Namen erwähnte, die, wie er wohl bemerkt hat, alles Mädchennamen waren – er ist noch nicht vollkommen vertrottelt (das sagt er!).

Eine nette Unterhaltung, aber warum immer wieder der Blick auf die Uhr? Die Erklärung läßt nicht lange auf sich warten. Es klingelt. Jemand kommt herauf. Er geht zur Tür und öffnet. Der Herr, der hereinkommt und den er mir vorstellt, ist kein anderer als Professor Dague vom Zentrum für Kinder-Neurologie. Da steht er vor mir, sehr selbstsicher, breitschultrig, mit einem Lächeln auf den Lippen, kurzgeschnittenem Haar, korrekt gekleidet. Er ist natürlich weder im Arztkittel noch im Slip. Doch erkenne ich ihn eindeutig wieder. Der Magistrat wirkt etwas verlegen und beeilt sich, den Besuch zu erklären: Der Professor ist ein alter Freund von ihm, ein junger Freund vielmehr, wir verstehen uns sehr gut, wir trafen uns gelegentlich an den bestgedeckten Tischen der Stadt, als ich noch im Amt war, und ich dachte, ich könnte ihn zu einer dieser Vorlesestunden einladen, bei denen Sie mit Ihrem Talent glänzen, ich glaube, er wäre ganz entzückt...

Ich antworte so kühl wie möglich: Wie dem auch sei, wir sind ebenfalls alte Bekannte!

Stimmt! sagt der Professor naßforsch und zündet sich eine Zigarette an.

Ich frage mich noch, wie das Spiel weitergehen mag, als es zum zweitenmal klingelt. Wieder kommt jemand die Treppe herauf, bedeutend schneller. Wieder öffnet sich die Tür. Wieder erscheint ein Mann auf der Bildfläche. Diesmal ist es der Kommissar Beloy. Ich traue meinen Augen nicht. Bin ich in einen Hinterhalt geraten? Der Kommissar verbeugt sich, beinahe feierlich. Statt seinem Blouson trägt er ein leichtes Jackett.

Sie kennen einander vielleicht auch? fragt der Gastgeber. So ist es, erwidert der Kommissar. Ich bleibe stumm.

Merkwürdiges Theater. Die Inszenierung nimmt rasch ihren Lauf. Wir dachten, sagt der alte Richter, daß wir drei Ihnen gemeinsam zuhören könnten. Sie haben ein so wunderbares Organ. Warum seine Wirkung nicht zentralisieren, harmonisieren? Wir zählen zu denen, auf die man in unserer Stadt am meisten hört. Warum sollten wir uns nicht einmal zusammentun, um unsererseits zu hören, Ihnen zuzuhören? In diesem Sinne habe ich meine Freunde zu mir eingeladen wie zu einem Fest. Das Fest sind Sie, liebe Marie-Constance, Sie als Mensch, als Persönlichkeit! Da sehen Sie, wohin das Renommee führt!

Er zieht an einer großen roten Drapierung, einer Art Vorhang, die ich zunächst gar nicht bemerkt hatte, und das Sofa, auf dem ich beim letzten Mal saß, kommt hinten im Zimmer, neben den Bücherwänden, zum Vorschein. Ich bin sicher, daß die Anordnung der Möbel geändert wurde, aber vielleicht bilde ich es mir nur ein, täuscht mich mein Gedächtnis.

Wir werden uns alle drei auf das Sofa setzen, sagt er, und Sie nehmen dort uns gegenüber Platz.

Gesagt, getan. Da sitzen sie alle drei nebeneinander auf dem Sofa wie Puppen und lecken sich schon die Lippen. Mir ist, als stünde ich auf einem Schießstand, auf dem Jahrmarkt. Was soll ich jetzt tun? Lesen? Was lesen? Ich frage den Richter.

Nun ja, sagt er, dasselbe wie beim letzten Mal! Er hat das schön gebundene Buch schon zurechtgelegt und bringt es mir mit honigsüßem Lächeln.

Das ist zuviel. Auch das Pflichtbewußtsein einer Vorleserin hat seine Grenzen. Ich empfehle mich mit einem tiefen Knicks. Was in Jeans und Polohemd nicht leicht ist. Schon bin ich an der Tür und knalle sie hinter mir zu.

Es ist anzunehmen, daß ich wieder arbeitslos sein werde.

Die deutschen Übersetzungen der Zitate sind folgenden Ausgaben entnommen (Reihenfolge wie im Buch):

Guy de Maupassant, *Die Hand* – aus: *Mamsell Fifi,* Novellen. Ü: Walter Widmer, Diogenes Verlag, Zürich 1963

Emile Zola, *Das Werk* – Ü: Hans Balzer, Verlag Rütten & Loening, München 1983

Guy de Maupassant, *Der Schmuck* – Ü: Karl Friese, aus: G. de M., *Novellen,* Winkler Verlag, München 1973

Charles Baudelaire, *Die Blumen des Bösen* – Ü: Therese Robinson, aus: Ch. B., *Ausgewählte Werke,* hrsg. von Franz Blei, Georg Müller Verlag, München 1925

Guy de Maupassant, *Wahre Geschichte* – Ü: Irma Schauber, aus: G. de M., *Gesamtausgabe der Novellen und Romane,* Bd. V, Goldmann Verlag, München 1964 und 1987

Claude Simon, *Anschauungsunterricht* – Ü: Christine Stemmermann, Rowohlt Verlag, Reinbeck 1986

Lewis Carroll, *Alice im Wunderland* – Ü: Christian Enzensberger, Insel Verlag, Frankfurt 1963

Georges Pérec, *W oder die Kindheitserinnerungen* – Ü: Eugen Helmlé, Suhrkamp Verlag, Frankfurt 1982

Francis Ponge, *Stücke. Methoden. Ausgewählte Werke.* Ü: Gerd Henninger, S. Fischer Verlag, Frankfurt 1968

Marquis de Sade, *Die Hundertzwanzig Tage von Sodom* – Ü: Karl von Haverland (1909), Harenberg Edition, Die bibliophilen Taschenbücher, Dortmund 1979

Jacques Roubaud, *Ich bin eine pünktliche Krabbe* – aus: *Dokumente,* Zeitschrift für übernationale Zusammenarbeit, Köln, Ausgabe Juni – 2/1976

MADELEINE BRENT

10008

10483

10753

10943

BASTEI LÜBBE

Federleicht und voller Anmut – eine phantastische Liebesgeschichte

Als Band mit der Bestellnummer 11859 erschien:

Was kann einen Mann, der alles im Leben erreicht, der alle Länder bereist, alle Frauen geliebt hat, noch aus der Bahn werfen? Die Begegnung mit Morgane, einem 19jährigen Mädchen. Nach einer Zufallsbegegnung und einem wunderbaren Wochenende an der Riviera trennen sich ihre Wege. Erst jetzt wird Greg bewußt, wie sehr ihm Morgane fehlt. Aber er kennt nur ihren Vornamen …

BASTEI LÜBBE